山林逸興

诗画悦心

古画风雅

◎ 苏三公子——著

广西师范大学出版社
GUANGXI NORMAL UNIVERSITY PRESS

·桂林·

古画风雅
GUHUA FENGYA

图书在版编目（CIP）数据

古画风雅 / 苏三公子著. --桂林：广西师范大学
出版社，2021.3（2021.5 重印）
　（悦心）
ISBN 978-7-5598-3560-4

Ⅰ．①古… Ⅱ．①苏… Ⅲ．①随笔－作品集－
中国－当代 Ⅳ．①I267.1

中国版本图书馆 CIP 数据核字（2021）第 006170 号

广西师范大学出版社出版发行

（广西桂林市五里店路 9 号　邮政编码：541004）
（网址：http://www.bbtpress.com）
出版人：黄轩庄
全国新华书店经销
广西广大印务有限责任公司印刷
（桂林市临桂区秧塘工业园西城大道北侧广西师范大学出版社
集团有限公司创意产业园内　邮政编码：541199）
开本：720 mm×1 010 mm　1/16
印张：16.75　　字数：260 千
2021 年 3 月第 1 版　　2021 年 5 月第 2 次印刷
印数：5 001~8 000 册　　定价：78.00 元

如发现印装质量问题，影响阅读，请与出版社发行部门联系调换。

自序

写一部品读中国古画的文集，在我的脑海里已经计划了很久。2009年，匆匆忙忙间写了一部初稿，虽然后来由于个人原因未能付印出版，却是我写读画记的一个初步尝试，也成为现在这本书的基础。

写这本书的初衷，也许缘于年少时候观画的一些感悟，又或许，更早一点，缘于我自小对中国古代历史文化艺术的热爱和痴迷。

我出生在一个平凡而又颇有艺术氛围的家庭。据说很多年前我祖父向我祖母求亲的时候，顺便把自己画的一幅仕女画放在了见面礼里面，我的外曾祖父早年毕业于黄埔军校，十分爱才，他看上了我祖父的绘画才能，便同意了这门亲事。社会变迁，几经辗转，这对恩爱的夫妻最终扎根在一个偏远小镇。我后来就出生在那个小镇。小时候物资比较缺乏，文化艺术书籍尤其稀缺，更谈不上互联网了，然而血液里残留的一点艺术细胞使得我对艺术求知若渴，满怀一腔热忱投入到学习研究和探索中。早期关于中国古画的记忆不过是家里挂着的几幅挂图，还有书本里的历史资料。那时候总有许多疑惑：为什么阎立本在《步辇图》里把皇帝画得那么高大，其余随从都小了几个号？为什么古代仕女画里的美女们看起来总是千篇一律？为什么朱耷的画里"八大山人"的花押写得像"哭之笑之"？……带着诸如此类的众多问号，我渐渐长大。后来到北京上大学，最开心的事就是到各个博物馆、美术馆参观展览，阅读、购买大批书籍，从中一一解开疑惑和不解。这个过程是愉悦的，也是一种释然。

如果说"熟读唐诗三百首，不会作诗也会吟"，那么，熟读古画三百幅，便可对中国美术发展史有一个初步的了解。品读中国古画，一般来说主要包括三个维度：一是观看画面的内容，就像简单的"看图说话"，这是绘画带给观者的第一感官印象；二是分解作画的技法，比如这幅画使用了何种皴法、笔法、墨法、设色，以及采用何种构图，这是技术层面的专业分析；三是深入解读画面背后的意义，包括画作的创作过程、画家的创作意图，延伸开来还有画作的历史背景、社会意义，甚至还有画家的生平逸事及相关的收藏历史，相当于把古画当成历史资料去研读，这也是本书的灵感来源和主要内容。

对于我来说，品读古画不仅仅是对画面的欣赏，也不是简单分析画家的技法，我更注重的是结合相关的历史、文化等知识，对古画作进一步的深层解读。比如我写《山色空蒙雨亦奇——雨景·雨声》，里面不仅分析了历朝历代画家关于雨景的绘画作品，同时还列举了历代诗人描写一年四季不同雨景的古诗，很多家长朋友收藏转发，用来当作孩子学习专题古诗的辅导材料；在《一朝归渭上，泛如不系舟——渔隐》一文中，我列举了历代名家关于渔父、渔隐主题的绘画作品，同时也从历史文化角度探究了中国古代文人推崇隐逸、隐居的历史现象；而在朋友圈里转发量最大的一篇《千古风流事——"好色"的明朝画家》中，则涉及大量历史上的著名仕女画画家，如唐寅、仇英和陈洪绶等，以及他们与美女之间一些有趣的传闻逸事。

上大学时，每到周末，我最喜欢跑美术馆、博物馆，还有琉璃厂、潘家园、什刹海边上的旧货市场，在那里能看到很多旧书、古董和古画。那时候，北京的美术馆、东四周围一带，是艺术爱好者的天堂。从美术馆出来，不久便可走到三联书店。书店二楼是艺术区，艺术书籍比较贵，一群穷学生买不起，便小心翼翼地捧着书，挨着挤着坐在楼梯上看。1999年，我用自己在课余时间勤工俭学赚来的1500元钱买了《中国传世名画》和《世界传世名画》，这两套书印刷极其精美，还附赠一双翻书用的手套，以示珍贵。我很高兴以后不用走很远的路、不用挤书店也能看画了，每天把画册打开，放在小床上，仔仔细细翻看。我大学宿舍里90厘米宽的小床上，几乎一半的空间都留给了我的画册，还有一张从琉璃厂买来的古筝。小床拥挤不堪，却令我觉得格外舒心。大学毕业后，这两样东西被我当成大学宝物千里迢迢、不辞劳苦扛到了深圳。

工作之后有了钱，便可以买更多的画册，走更多的地方，参观更多的博物馆、美术馆了。在欧洲旅行的时候，去的最多的景点除了教堂，就是各式各样的博物馆。欧洲博物馆之博大精深、包罗万象，令我为之倾倒。当年在书中看到的油画一一呈现在眼前，震撼之余更感到欣喜万分。印象最深刻的是2017年夏天，我一个人在英国游玩，住在伦敦的帝国理工大学，出门就是赫赫有名的自然历史博物馆、维多利亚与阿尔伯特博物馆（Victoria and Albert Museum）和科学博物馆，距离特拉法加广场边上的国家美术馆也不远。每天观展、赏画，晚上到附近的小酒馆就着炸鱼、薯条喝几杯小酒，无忧无虑地沉浸在这种单纯的生活里，这是艺术给我最美好的回馈。

久而久之，我发现画已成为镶嵌在我生命里的记忆。也许，所有的记忆都是一种前世印迹，所有的似曾相识都是一种久别重逢。

我极喜欢杭州，大概是喜爱宋画的缘故。最早去杭州，和初识的朋友夜游西湖，凉风习习，月色无边，两人席地坐在白堤上饮酒，自以为颇有张岱"湖心亭看雪"的遗风。乘着酒意一直走到湖边的一个亭子里，我马上惊呼似曾相识，这不正是刘松年所作《四景山水图》中的夏景图吗？百度一看，果不其然，我们站着的地方是"西湖十景"里的"平湖秋月"，两者确有相似之处。后来我据此写下了《结庐在人境——诗意栖居》。还有一次，和书画界几位前辈相遇杭州，会同浙江音乐学院的几位教授一起去书斋饮茶雅叙，兴之所至，焚香鼓琴、吹笛引歌、书画唱和，不知今夕何夕，乐而忘返。杭州人的骨子里，依然秉承了南宋以来文人雅集的遗风，令我感动不已，后来也成为我写作《诗酒唱和领群雄——雅集》《此事只关风与月——雅事》等作品的初衷。

写这本书的过程，也是我不断学习和研究的过程。

比如2017年初写《寒夜客来茶当酒——茶文化》这篇文章，因为要写茶画，我开始读茶经，研究茶道，阅读了《煮泉小品》《茶谱》《茶之书》《历代茶器与茶事》《心清一碗茶——皇帝品茶》《摆一桌绝妙的宋朝茶席》《寻茶记》《吃茶一水间》《四时风物笺·茶》等古今中外的茶书；与此同时，我本人也从一个只爱在办公室喝袋装泡茶、花草茶的"伪"茶族，慢慢喜欢上煮茶品茗，以至于后来爱茶痴茶、无茶不欢。古代文人品茶，向来都不是指单纯地饮茶，或者一味地讲究茶叶、茶器，而是融入了茶与人、与天地自然交流的一种思想。为饮茶，汲好泉水、配好茶器、寻好环境、静待好时……而这些都在流传至今的古画里一一反映出来，供后人慢慢咀嚼、细细品味。

又比如，在写《一案四时春——花事》时，我一边研读古画，一边查找有关插花的历史资料，顺便跑去花艺馆学习了插花艺术。学习了理论知识后，我也学着在家做简单的日常插花。日常插花很少用名贵的花种，但是讲究一年四季顺应时令，四五月间养芍药，夏天观荷、养茉莉，秋天插几枝菊花，冬天摆几支佛手，或者干脆从山里采摘几枝野花，都可成为我家里的一道风景。春来春去不相关，花落花开无间断，那静默立于桌前案台的一瓶插花，其实是人对自然的感激、敬爱，和对生活的知足、珍视，流传至今，仍是我们用以点缀生活的美学。

成书之际，一是感念曾经流传给我生命中最珍贵的艺术血液、已经过世的祖父祖母，尽管他们早已看不到我怎样地为此执迷与努力；二是感慨中国古代艺术之博大精深，愈往前走，愈感觉到自己学问之浅薄；三是感叹时光流逝，岁月荏苒，自2009年写出这本书的初稿，到现在已历经十年。2019年的春天似乎特别长，花开满城，春色盎然，我写《花开堪折直须折——宋人·春天》，里面有一幅《秉烛夜游图》，看着看着，仿佛自己变成了画中人，在月光中独自一人坐于花下，享受着眼前花开似锦、争芳斗艳的盛景，心底却不由得想起李白的诗句："夫天地者，万物之逆旅；光阴者，百代之过客。而浮生若梦，为欢几何？"春色将尽，开到荼蘼花事了；时间飞逝，人生天地若白驹过隙。如此，便以此书为酒，一杯敬朝阳，一杯敬月光，一杯敬明天，一杯敬过往。我欲与君共醉，君可来不来？

苏春玲

2019年5月

目录

增之一分则太长，减之一分则太短；

着粉则太白，施朱则太赤；

眉如翠羽，肌如白雪，腰如束素，齿如含贝；

嫣然一笑，惑阳城，迷下蔡。

很难知道从哪一天起，我们的祖先开始用绘画记载当下的生活状况；又是在哪一天，他们仰望天上的星空，俯视脚踩的山河，突然想到：我要记录下此时此刻、此情此景，我要记录下这呐喊着欢呼着的人们，这奔跑着舞蹈着的人群。从那一天开始，历史被记载下来，岁月流光不再寂寞无声。

翻看世界艺术发展史，几乎所有民族绘画的开始都是人物画，如同结绳记事，如同象形文字，最早的绘画是记录"我们"。又过了许许多多年，人类进入文明时代，中国古代开始出现形象清晰的人物画，而其中以女性形象为主的人物画被称为"仕女画"。

就现今发现的仕女画而言，最早的应该是在长沙一座战国楚墓中出土的帛画《龙凤仕女图》，约创作于公元前3世纪，据说这也是中国现存最早的一幅具有独立意义的、完整的绘画作品。

但是，最早有文字记载，成为一个独立画种的仕女画，则出现在魏晋南北朝时期，我们把这段时期称作仕女画的早期发展阶段。

战国 帛画《龙凤仕女图》（战国中晚期段）

魏晋：清瘦之美

魏晋时期是一个风采特异的时代，至今我们仍然会带着无上的敬意回看那些魏晋士人的潇洒风采。这是中国人"人生艺术"的巅峰时期，是一个崇尚玄学、关注人的内在精神气质的时代。在绘画方面，关于女性形象的塑造侧重于表现高逸超脱之美，描绘的女子主要是古代贤妇和神话传说中的仙女，形象一般来自诗、赋等文学作品和民间传说。我们从现存的画作中，可窥见魏晋时期的美女风姿——瘦、秀、清，气度高雅，脱俗飘逸，颇有道骨仙风。

这一时期最著名的画家是顾恺之。顾恺之（348—409），字长康，小字虎头，东晋无锡人，出身名门望族。很小就博览群书，多才多艺，能诗善赋，擅长书法音律，尤其精于绘画。他在中国绘画史上名垂千古，有"三绝"（画绝、才绝、痴绝）之称。在漫长的历史长河里，他的作品大都散失了，现在保存下来的《女史箴图》《洛神赋图》等，均是后人摹本，一直为历代视如珍宝。谢安说："顾长康画，有苍生来所无。"说顾恺之的画，自从人类诞生以来还没有过这样的。现在看来此话有些夸张，但是试想公元4世纪之时，人类发展史上的许多事

东晋 顾恺之《洛神赋图》局部

东晋 顾恺之《女史箴图》之《修容饰性》

情正处于一个起步的阶段，而顾恺之的画已经相当成熟，不得不说已经是一种传奇。

顾恺之的《洛神赋图》是根据曹植的《洛神赋》展开联想而作，山川、树木背景营造出一种奇异飘渺的梦幻场景，其中的洛神、仙女等仕女形象线条流畅，显得仙气缭绕，又让人感到一种飘逸浪漫、诗意盎然的意境美。

他的传世名作《女史箴图》，以西晋著名文学家张华作的《女史箴》为题材而画制。当其时，西晋皇帝昏庸无能，贾后专权，张华作《女史箴》，以女史的口吻写宫廷规箴，规劝教育宫中妇女遵循封建道德，借机讽喻放荡性妒、擅权祸国的贾后。而顾恺之的《女史箴图》便是这篇文章的连环画版本。

其中一段《修容饰性》描绘的是宫廷贵妇清晨起来梳妆打扮的情景。图中女子容貌端庄，神情也很柔和，侍女梳发的姿势描画得非常优雅而抒情。画中的线描用笔十分流畅老道，这是顾恺之线描的特色，被形容为"春蚕浮空，流水行地"，人称"春蚕吐丝描"，又叫"琴弦描"或者"高古游丝描"，为后世画作各种线条（尤其是白描和行云流水描等）的演变打下了基础。

妇女梳妆为何也算是一种道德规箴呢？原文是："人咸知修其容，而莫知饰其性。性之不饰，或愆礼正。斧之藻之，克念作圣。"修容饰性，意指以修外在之美饰内在之美。魏晋时期尤其注重外表容貌的修饰，从《世说新语》中就能看到许多美男子的故事，比如有"玉树临风之态，飘逸飒爽之姿"的潘安，比如"风神秀异"最后被"看杀"的卫玠，等等，都充分说明了修容饰性对当时名士们的重要性，表示的是一种洁身自好的高洁情操。

《女史箴图》是当今存世最早的中国绢画，是尚能见到的中国最早的专业画家的作品之一，被誉为中国美术史的"开卷之图"，具有里程碑式的意义。除了具有独特的艺术价值之外，其还具有难以比拟的史学价值和社会学价值，是世界美术史上公认的"中国超级国宝"。目前只剩两幅摹本：其一为宋人临摹；另一幅为唐人摹本。据说后者最得原版风采，1860年英法联军入侵北京时被盗往国外，后来被大英博物馆收藏，成为该馆最重要的东方文物。该摹本从不公开展出，一直存放于馆内的斯坦因密室，只供研究使用。

唐朝：圆润之美

经过魏晋南北朝的长期战乱，到隋唐时局势才算稳定下来。唐代是我国封建社会最为辉煌的时代，疆域对外展拓，经济空前繁荣，首都长安成为当时的国际性大都市，唐太宗被尊为"天可汗"，各民族之间的交往及国际交流空前频繁，思想空前活跃，妇女也得到了空前解放。在这样的社会环境下，唐朝妇女的社会地位大大提高，人们的审美观由魏晋时期的崇尚纤瘦变为崇尚健硕丰腴，仕女画也随之进入繁荣兴盛阶段。

这一时期，社会生活丰富多彩，人民思想积极入世，武则天、太平公主、杨贵妃等盛唐美人的传说，显示出富丽堂皇的皇家魅力，也受到人们的极大关注，成为社会八卦的焦点。这一时期的仕女画画家，比如张萱、周昉，本身就出身官宦家族，他们耳濡目染，日常所见也多是贵族妇女闲逸的生活。在唐之前，专画妇女的人物画很少见，顾恺之画的《女史箴图》不过是统治阶级用来宣扬封建道德的工具，其关注点并不在于仕女之美；而到了唐代，画家们开始拿起画笔，描绘现实生活中的女子之美。从这个角度，我们就看到了它的进步意义。传世画作中，张萱的《虢国夫人游春图》《捣练图》，周昉的《簪花仕女图》《挥扇仕女图》，均为唐代仕女画的杰出代表。

张萱曾任过宫廷画职，《太平广记》里记载："唐张萱，京兆人。尝画贵公子鞍马屏帏宫苑子女等，名冠于时。"其代表作《虢国夫人游春图》描绘的是唐玄宗时期杨贵妃的二姊虢国夫人及其眷从盛装出游，"道路为（之）耻骇"的故事。画中，几骑人马正在行进路上，画面充满了闲适舒情、勃勃生气。这画题为"游春"，却不直接画春天的景色，只以杜甫诗《丽人行》中"绣罗衣裳照暮春"一句来表现，只见画中女子穿着轻薄鲜丽的"绣罗衣裳"，使人自然地感受到一种春光明媚的气息。此外，画中人并未浓妆艳抹，只斜斜梳了一个堕马髻，符合"却嫌脂粉污颜色，淡扫蛾眉朝至尊"（唐代张祜的《集灵台》）的记载，皮肤体态也有《丽人行》"态浓意远淑且真，肌理细腻骨肉匀"的风流韵致。画中人物轻松的姿态，马蹄的轻举缓步，显出唐代女子意态之娴雅、体态之优美，其中"丰颐厚体""曲眉丰颊"的形象，也开了盛唐仕女画的画风。

另一位画家周昉，"游卿相间，贵公子也"，也曾以善画名动朝野，有"画仕女，为古今冠绝"的美誉。史书记载，韩干与周昉曾先后为郭子仪的女婿赵纵画像，难分高下，赵纵夫人看后认为韩画"空得赵郎状貌"，而周画"兼移其神气，得赵郎情性笑言之姿"，以此评出高下。

周昉的《簪花仕女图》所绘几位闲步于宫苑花园里的宫廷贵妇，层层叠叠

唐 张萱《虢国夫人游春图》（宋徽宗摹本）

唐 周昉《簪花仕女图》

地穿着绮丽的曳地长裙，头上云鬓高耸，簪着大花，缀着珠翠。她们步履从容，姗姗而来，慵懒闲适，或手捉蝴蝶，或轻缓漫步，或手拈红花，或以拂尘逗弄小狗……顺着画卷看去，仿佛走进唐朝精美豪华却又幽深寂寞的深深庭院。贵妇们显出一副漫不经心、喜怒不形于色的样子，眉宇间却流露出若有所思的神态。据说苏辙看了此画后感叹："深宫美人百不知，饮酒食肉事游嬉。"把这些身着艳丽绮罗的女子称为"绮罗人物"。

周昉生活的时代，已是唐帝国经过安史之乱由盛而衰、社会矛盾日渐尖锐之际，他的画中总透露出一丝淡淡的忧郁。其笔下的仕女，仿佛总是沉湎在一种百无聊赖的状态中，茫然若失，动作迟缓，纵然装饰得花团锦簇，也掩不住内心的寂寞与空虚。这和唐朝时的宫女制度是息息相关的。古诗云"后宫粉黛三千人"，实际上，唐代后宫宫女的人数远远超过这个数目，到了唐玄宗时，宫女的数量曾达六万之众。多数宫女都是没有品级的低级宫婢，她们从事低下的体力劳动，一辈子都无缘和皇帝见面，真是"不识君王到死时"。宫词中写"寥落古行宫，宫花寂寞红。白头宫女在，闲坐说玄宗"，言语中并没有声泪俱下的控诉和悲愤交加的批判，然而在这种寂寞的悠闲中仿佛带了一种无奈和伤感，极具感染力。《簪花仕女图》深有"寂寞古豪华"的诗意，正是这首诗的最佳诠释。

对比张萱和周昉这两位画家在仕女画创作中的表现，有一个相同点在于，画

中女子的相貌妆容相似，大多脸型圆润饱满，体态丰腴健壮，气质雍容高贵，展示出大唐盛世下皇家女性的华贵之美。她们衣饰华丽，花团锦簇，正是那个朝代睥睨天下、如日中天的精神象征。

宋代：世俗之美

唐亡后，继之的是五六十年的五代十国之乱，至宋朝社会才渐趋安定。宋代政权相对稳定、经济发达、文化昌盛，成为中国历史上极为重要的一个朝代，宋画也达到了中国绘画史上的一个高峰。其中，以山水画最为出色，花鸟画也得到了重大的发展，但是仕女画却逐渐式微。并且这一时期礼教深入，理学兴起，画面也趋向保守拘谨。宋代传世的仕女画多为临摹唐朝画家的作品，如《虢国夫人游春图》等。

但是值得注意的是，宋代仕女画的题材更为广泛，除了贵族、宫廷女性形象，生活中最底层的贫寒女子也开始为画家们所关注。如画家王居正画了一幅《纺车图》，画的是两个正在纺布的农村妇女，头发凌乱、衣衫褴褛、面容憔悴。她们既不是养尊处优的宫廷贵妇，也不是倾国倾城的传奇美女，不过是生活中最为普通的农村妇女。王居正以写实的手法不加美化地表现她们，甚至连衣服

北宋 王居正《纺车图》

西班牙 委拉斯开兹《纺织女》

上的补丁、脸上的皱纹和凌乱的发丝都描画得一丝不苟，是为了颂扬她们安贫乐道的生活态度和朴实无华的个性美。

这幅画显示了宋代画家难能可贵的平等意识，使我们可以真真切切地看到宋代平民劳动妇女的真实形象。其实它并非严格意义上的仕女画，只能算是以女性为主角的风俗画。它让我想起了西班牙画家委拉斯开兹在1657年创作的《纺织女》，这是欧洲第一幅直接描绘劳动人民生活的油画，与诞生于公元11世纪中国的这幅《纺车图》相隔了整整六个世纪。

元代：淡雅之美

在由蒙古贵族统治的元代，特殊的社会现状和民族冲突，令画家们避居山野，倾心于抒发隐居情怀的山水画创作，仕女画则呈衰退之势。

元顺帝时的画家周朗画了一幅《杜秋图》（也叫《排箫秋娘图》），是难得一见的元代仕女画。图中女子杜秋娘，原本是唐代镇海节度使李锜的妾，后李锜造反被诛，秋娘被没籍入宫。她能歌善舞，所作的一首《金缕衣》广为人知："劝君莫惜金缕衣，劝君惜取少年时。花开堪折直须折，莫待无花空折枝。"由于有才华，她被宪宗宠幸，封为秋妃。宪宗暴亡后她又成为皇子傅姆，后来皇子废，她被"赐归故乡，穷老而终"。杜牧为她作过一篇《杜秋娘诗》。

画中，杜秋娘手持排箫亭亭而立，高髻长裙，面相丰润，具备唐代仕女的典

元 周朗《杜秋图》

型特征。这幅画大概是表现她入宫侍奉唐皇，以吹排箫排解内心的郁闷，看似淡泊的面部表情中流露出郁郁寡欢的神态。

匆匆而过的元代在仕女画创作上略显仓促，在人物的体态描画上效仿唐代，但是淡雅的用色又明显受了宋代审美的影响。

明代：盛妆之美

明代是封建社会政权稳定和经济发达的时期，仕女画在文人画家的积极参与下获得极大的发展，人物的造型也逐渐趋于带有唯美主义色彩的写意。

明代最为人所熟知的仕女画画家自然是唐寅（字伯虎）了。由于有"唐伯虎点秋香"的故事流传，唐寅在民间几乎是家喻户晓，老幼皆知。

唐寅出生于苏州一个经商家庭。他二十余岁时家中连遭不幸，父母、妻子、妹妹相继去世，二十九岁参加乡试高中"解元"，少年得意之际参加会试却受考场舞弊案牵连入狱，出狱后得宁王青睐却发现宁王有谋反意图……人生中种种失意，使他最后绝了仕途宦海之念，专心沉醉于诗画，以作画卖文为生。

唐寅的仕女画最大的特色是喜用典故，另加题诗作为点睛之笔，这彰显了他作为"解元"出身的文人气质。其代表作《秋风纨扇图》的构思来自汉代班婕妤的故事。班婕妤是中国历史上非常有名的才女，原本受汉成帝宠爱，后来，汉成帝爱上了另一位有名的美女赵飞燕，班婕妤于是作《团扇歌》，以秋日团扇遭弃比喻自己的遭遇，抨击了人情冷暖、世态炎凉。

画面是一幅简单的白描，一位女子手持团扇，侧身而立。不简单的是左上方的题诗："秋来纨扇合收藏，何事佳人重感伤。请把世情详细看，大都谁不逐炎凉？"图中隐藏了两处小心机，凸显了画家出色的表现能力：一是题图诗反常地从左到右排列，文字的阅读方向和女子的眼神方向有机统一，似乎让人在情绪上能找到落脚点，更容易进入意境；二是近景的几块湖石看起来狰狞丑陋，与女子的娇弱无力形成对比，让人感受到女子的处境凄凉。然而细看之下，女子并不是一味卖惨，她那微微扬起的脸庞，那写满不甘的小神情，表现出一种不折不挠的精神，展现了一种独立自主、积极向上的女性形象。我觉得这正是唐寅所画的仕女与众不同的地方。他笔下的仕女，从来不是郁郁寡欢的宫廷贵妇或者虚无缥缈的世外仙姝，她们不过是普普通通的世间女子，却具有独立的人格，自尊、自主、自爱。

"红叶题诗"则来自一个唐代宫女与一位书生良缘巧合的爱情故事。这个故事有几种版本，不外乎是传说有一位书生从宫墙下的流水中发现一枚红叶，上有题诗："流水何太急，深宫尽日闲。殷勤谢红叶，好去到人间。"后来机缘巧合，书生娶了题红叶诗的宫女为妻。

明 唐寅《秋风纨扇图》　　　　明 唐寅《红叶题诗仕女图》

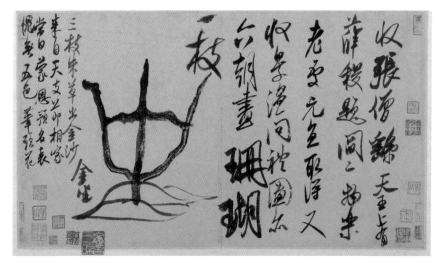

北宋 米芾《珊瑚帖》

画中，一位头插红珊瑚发簪的宫女坐在一张长条石凳上，正用毛笔在一片红色大梧桐叶上题诗。旁边的方几上放置着砚台新墨，红珊瑚枝做成的笔架上横搭着两支毛笔。图中的摆件和宫女的服饰都显示了一种低调又不失优雅的奢华，其中的珊瑚笔架，是否让你想起米芾的《珊瑚帖》中那支珊瑚笔架？后人用"珊瑚笔架珍珠履""翡翠屠苏鹦鹉杯"来形容古代贵族生活的精致奢华，从这幅画可窥一斑。

唐寅所描绘的仕女，皆柳眼樱唇，身形瘦削，从中可看出彼时的时尚与唐朝流行的肥胖美已经相去甚远。在面部设色上，画家采用了"三白法"。"三白法"是指将人物的额、鼻、下颏用较厚的白粉染出，它既能表现人的面部三个受光的凸出部位，又能表现中国古代妇女施朱粉"盛妆"的化妆效果。此法开创于唐代，为唐伯虎所沿用，后来成为鉴别唐寅画真伪的一个标准。

清代：婀娜之美

清代是我国封建社会的最后一个朝代，仕女画发展至此，其受重视程度要高于山水画和花鸟画题材。清代高崇瑚《松下清斋集》中说道："天下名山胜水，奇花异鸟，惟美人一身可兼之，虽使荆、关泼墨，崔、艾挥毫，不若士女之集大成也。"从中可以看出清朝仕女画的地位。

然而，仕女画的地位虽然提高了，在创作上却日益脱离生活，无论是宫廷画家焦秉贞、冷枚，还是文人画家改琦、费丹旭等，都以表现一种"倚风娇无力"的仪态作为女性审美追求。画作中的女子，无论是宫廷贵妇、世外仙姝或是普通淑女，都是长脸细目红樱唇、修颈削肩小蛮腰，一副弱不禁风的"病美人"状，正如《红楼梦》里所描写的林黛玉，"两弯似蹙非蹙罥烟眉，一双似泣非泣含露目，态生两靥之愁，娇袭一身之病"。这是当时流行的审美观。如果再加上"泪光点点，娇喘微微，闲静似娇花照水，行动如弱柳扶风。心较比干多一窍，病如西子胜三分"的体态，流露出"风露清愁"、黯然神伤的韵致，这简直就是当时文人追捧的女神了！但是，我认为正是从这一点来看，清朝画家们热衷于创作仕女画，非但并不意味着女性的社会地位提高了，反而意味着女性的社会地位下降了。因为画中的女性形象并没有独立的人格，不过是被用来展示的艺术观赏品，如同一双裹成三寸金莲的畸形小脚，病态、弱势地臣服于男性主宰之下。

清朝仕女画的另一个重要特点就是吸收了西洋绘画的技巧。虽然当时的文人画家曾对西洋画不屑一顾，说它"笔法全无，虽工亦匠"，但终究给中国画坛引入了一丝新风，一部分有意识的画家开始探索中西画法相结合的道路。

"西学东渐"在这个过程中起到了重要的作用。清初，西方传教士的活动从布教发展为供职于朝廷，逐渐促成西方绘画融入本土绘画。其中意大利传教士郎世宁地位显赫，他在清廷半个多世纪（1715—1766），成为康熙、雍正、乾隆三位皇帝的御用画家。郎世宁的绘画作品解剖准确，富有立体感，这种华丽工细、极其逼真的洋风画迎合了皇室贵族的审美趣味，乾隆也夸他"着色精细入毫末"，很快就

清 郎世宁《乾隆纯惠贵妃油画半身像》

影响了一批宫廷御用的中国画家。

这其中值得一提的是焦秉贞。焦秉贞原本供职于钦天监，算是一名天文学家，时常与宫中的西方教士接触并交流学习。作为一个头脑灵活、行事大胆的理科生，他将从传教士那里学到的几何、透视、光影原理等西洋画法应用于中国画创作，使得其作品形成明暗分明、逼真写实的风格。后来，由于其擅长画肖像，康熙时期专门负责画"御容"。清代胡敬在《国朝院画录》中提到："秉贞职守灵台，深明测算，会悟有得，取西法而变通之。"据《桐阴论画》《清史稿》等记载，焦秉贞所画风景也精美绝伦，其山水、人物、楼观之位置，"自近而远，自大而小，不爽毫发，多采用西洋画法"，"远视之，人畜、花木、屋宇皆植立而形圆"。这些特点，在其传世名作如《历朝贤后故事图》中多有体现。由此，焦秉贞也被誉为清代第一位融合西洋绘技于中国画中的宫廷画家。

清 焦秉贞《历朝贤后故事图》之《孝事周姜》

他所绘《仕女图》图册
共有八幅，描绘一年四季中
仕女们悠闲的生活。我们选
用的这一幅画的是仕女们消
夏的情景。落日西沉，湖光
山色中，梧桐树下，芙蕖出
水，绿叶如盖，美女乘船悠
游，良辰美景，其乐融融。

仔细观察，这种"中西
合璧"的仕女画与传统仕女
画相比，确实别具一格。首
先是赋色。中国画颜料比较
清淡，这幅画的颜料却是用
油画颜料和国画颜料勾兑而
成，颜色看上去更加鲜丽浓
艳。其次是画法。图中的梧
桐树和远山的画法显然已经

清 焦秉贞《仕女图》之《莲舟晚泊》

脱离了中国传统画法，无皴法，单单勾勒轮廓，然后通过色彩的明暗表现纵深
感，仕女的脸部也有色彩凹凸的渲染，显得更有立体感。

同样的题材，我们来看同朝代一位传统文人画家费丹旭的作品。对比来看，
传统仕女画的赋色、画法均有不同。

费丹旭（1802—1850），字子苕，号晓楼，出生于浙江一个书画世家。他
和改琦均在仕女画方面颇有造诣，分别形成"费派"和"改派"，极大影响了
嘉庆、道光年间人物画坛的风气。其中，费丹旭的仕女画"如镜取影，无不曲
肖"，风靡一时，"名动江南，输金竞购"。

《桐阴论画》中也提到，费丹旭擅画"补景仕女"，他常用没骨法画出山
石、树木作为背景，笔下的仕女形象秀美颀长，体态婀娜，是典型的晚清仕女形
象。那些神情哀怨的小家碧玉，温婉柔情，让人看了愁肠辗转。他的画风对我国

辑一 美人如玉

近代仕女画创作产生了很大的影响，在天津杨柳青、苏州桃花坞等各地的民间年画里多有体现，甚至也影响了后来民国时期上海月份牌美人画的画风。

———

欣赏中国古代仕女画，犹如走进一幅气态万千、优美多姿的画卷，有灼灼照人、如霞似锦的灿烂景色，有飘逸如仙、华采非凡的锦绣印象。那些个巧笑倩兮、美目盼兮的古典美人，在悠悠的历史长河之畔，一路缓缓而来，翩若惊鸿，婉若游龙，飘忽若神，杨柳扶风。那些个婀娜多姿的女子，或许是"宛在水中央"的伊，或许是让人"搔首踟蹰"的静女，或许是"皎若太阳升朝霞""灼若芙蕖出渌波"

清 费丹旭《仕女图》

清 费丹旭《红楼梦十二金钗图册》之《妙玉品茶》

的仙子，或许就是宋玉笔下那东家之子，让那些潜心要考取功名的读书人，坐在院中做了许多怀想，不时观察墙头，期待那"嫣然一笑，惑阳城，迷下蔡"的情景出现。

这样的女子，也许是画家偶然抓下的一个影子，也许不过是一种美丽的想象，又或许只是一种温暖的情愫，偶尔投影于历史的波心。她们徜徉在文人的诗词歌赋里，游走于画家的笔墨构图里，成为历史最美丽的记忆。那些"增之一分则太长，减之一分则太短；着粉则太白，施朱则太赤；眉如翠羽，肌如白雪，腰如束素，齿如含贝"的女子，牵动着多少人的心？那千秋的岁月里，是谁在画中倚门回首？是谁在梦里翩然而至？是谁在夜里独自黯然叹息？是谁，在灯影里拨响着琵琶，大弦嘈嘈，小弦切切，随着唐宋元明清的时光流转，一直回响，在我的耳边……

千古风流事

——「好色」的明朝画家

郭诩《东山携妓图》

在翻看明朝仕女画的时候，无意中发现了郭诩的这幅《东山携妓图》。仔细查看下去，竟发现历史上同样题材的画作还有不少。"东山携妓"是个什么故事？为何令后人反复描绘？我不由得产生了兴趣。

"东山携妓"听起来陌生，但我们肯定熟知"东山再起"这个成语，其实这两个成语说的是同一个人——晋代名士谢安。谢安是位旷世才子，自年少起便隐居于会稽东山，二十余年后才"东山再起"，世人又称之为"谢东山"。他多次拒绝了出山为官的邀请，日日与歌姬们混在一起弹琴作诗，每次出门，必携妓同乐。

后来，谢安的兄弟谢万在北伐中不战即败，被朝廷贬为庶民。家族危亡之际，谢安再也坐不住了，于是停琴散妓、出山做官，从司马一直做到宰相，帮东晋平定了内忧外患，历史上以少胜多、闻名于世的淝水之战就是他打赢的。

《东山携妓图》这幅画的主人公便是谢安。画中谢安长衣微敞，长须飘飘，一副魏晋名士气宇轩昂的样子，身后跟随着三名美女。画上有郭诩的题诗："西履东山踏软尘，中原事业在经纶，群姬逐伴相欢笑，犹胜桓温壁后人。"

画家郭诩（1456—1532），江西泰和人，曾短暂地进入宫廷服务，从画上的题诗和用印看来，可知他以"清狂道人""狂翁"自称，不难想象画家想借谢安的故事，来比拟自己狂放不羁、豪迈潇洒的个性与生活。

纵观历史，最早因为"好色"而被弹劾的官员是战国后期楚国的宋玉。当时的大夫登徒子在楚襄王面前说宋玉"好色"，楚襄王便把宋玉找来问话。宋玉作《登徒子好色赋》为自己辩解："眉如翠羽，肌如白雪；腰如束素，齿如含贝；嫣然一笑，惑阳城、迷下蔡"的东家之子暗恋他三年，他都没要；而"其妻蓬头挛耳，龉唇历齿，旁行踽偻，又疥且痔"的登徒子却一连生了五子，所以登徒子才是好色者。这个故事告诉我们，在战国时期，"好色"仍然是令人不齿的品行，那么为何唐宋以后的文人们却对美色趋之若鹜，狎妓之风兴起不减，不以为耻反以为荣呢？从这幅画的故事里，我们似乎可以一窥这狎妓之风的起源。

众所周知，魏晋时期名士辈出，魏晋风度世人景仰，谢安代表的"江左风流"在东晋已是引领潮流的风向标，此后历朝历代那些魏晋风度的粉丝们对他更是追捧不已。在古代文人圈，"东山携妓""东山丝竹"备受关注，相关主题的诗文、画作不断涌现。即便狂傲不羁如李白，也对谢安十分仰慕，有"安石东山三十春，傲然携妓出风尘"等金句。他在《忆东山》中写"我今携谢妓，长啸绝人群。欲报东山客，开关扫白云"，这便是要以谢为榜样学习效仿的节奏了。宋朝陈襄有"且作东山携妓乐"的诗句，而清代龚自珍《己亥杂诗》中"别有狂言谢时望，东山妓即是苍生"的观点更是震撼人心，连现代陈寅恪在《钱受之东山诗集末附甲申元日诗云"衰残敢负苍生望，自理东山旧管弦"戏题一绝》中也沿用了这句诗。在这些文人眼中，"携妓"并无不可，反而是件雅事，"携妓"的谢安照样功高盖世，名留千古；"东山妓即是苍生"更是把文人狎妓提到了众生平等、悲悯苍生的高度，又何乐而不为？于是，此后历代文人都以这位魏晋名士为"表率"，狎妓便成为文人风尚。

这种风气到了明朝，尤其明末更为严重。明朝限制言论自由，整个社会都在严格的控制之下，思想也受到禁锢，再加上严酷的政治斗争，到了明末更是陷入一种动荡、混乱、无序的状态。于是，大批的文人因政治生活失意而把注意力投向个人的生活情趣，私人生活空间变得相对宽广，各种开放的风气——享受、娱乐、逾制、个性解放等呼之欲出，并波及社会的各个层面。明朝文士狎妓最为盛行，他们和红粉知己寄迹山湖、偕游酬唱；他们乐于记录各种风流韵事，《金瓶梅》《肉蒲团》等艳情小说风靡一时；他们喜欢描绘各种女子风情，于是这个时期的仕女画创作得以进入鼎盛时期。

唐　寅

说起"好色"的明朝画家，大家首先必然会想到唐寅。这位大名鼎鼎的"江南第一风流才子"，其风流韵事在市井坊间流传一时，到了现代还屡屡被搬上屏幕，周星驰、张家辉、黄晓明等都先后扮演过他，可谓明朝画家中最为人熟悉的超级"网红"。

唐寅（1470—1523），字伯虎，别号六如居士，明代"吴门四家"之一，著名书画家、诗文家。历史上记载他自幼"奇颖天授，才锋无比"，诗、文、画俱佳，首次参加乡试便高中解元（乡试第一），后来参加会试却莫名卷入一场科举舞弊案，于是"一宵拆尽平生福"，从此开始游历名山大川，以卖画为生。他在一首诗中写道："不炼金丹不坐禅，不为商贾不耕田。闲来写幅丹青卖，不使人间造孽钱。"他成就最高的是仕女画，"笔法秀泣缜密，江河飘逸"，为后人所推崇。

平日，唐伯虎坐在临街的小楼上，如果有求画的人携美酒来拜访他，就酣畅整天，"醉则岸帻浩歌，三江烟树，百二山河，尽拾桃花坞中矣"。

《孟蜀宫妓图》是唐寅著名的仕女画之一。画面上四个宫女正整妆等待君王召唤，正面两个宫妓，头戴花冠，涂抹浓妆；背面的两人大概是侍女，一人托盘举着胭脂水粉之类物品，一人执镜，似乎正在让对面的女子检查自己的妆扮是否合适。

"孟蜀宫妓图"这个题目是明末收藏家汪珂玉加的，以后也就沿用了下来。

但是据考证，这幅画所描绘的并非五代十国时期后蜀后主孟昶，而是前蜀后主王衍的生活，所以正确的题目应为"王蜀宫妓图"。

王衍曾经带着一群妃子、宫女到成都附近青城山的上清宫去游玩，叫宫女们都戴莲花冠，穿道士服，脸上敷一层胭脂水粉，如同喝醉一般，叫作"醉妆"。他还自题一首《甘州曲》："画罗裙，能结束，称腰身。柳眉桃脸不胜春，薄媚足精神。可惜许，沦落在风尘。"

五代时期各个小王朝的君王都很会玩，也很短命。这个王衍整天寻欢作乐不理朝政，后唐的军队打进来时他还在喝酒，结果可想而知——他被灭了族。此画右上角有唐寅题款："莲花冠子道人衣，日侍君王宴紫微。花柳不知人已去，年年斗绿与争绯。蜀后主每于宫中裹小巾，命宫妓衣道衣，冠莲花冠，日寻花柳以侍酣宴。蜀之谣已溢耳矣，而主之不挹注之，竟至滥觞。俾后想摇头之令，不无扼腕。唐寅。"借仕女画揭露五代时期后主荒淫之事，暗讽当朝世风日下的时政，唐寅果真了得！

《陶穀赠词图》的故事也来自一个有名的政治丑闻。五代后周皇帝意欲一统

唐寅《孟蜀宫妓图》

一窝团紫连旅中燎词聊以

识泥陶当时我作陶歌旨

何必尊前而发红唐寅

唐寅《陶穀赠词图》

天下，派遣翰林院大学士陶穀出使南唐探个究竟。陶穀自恃国势强大，目中无人，刚好碰上当时的南唐臣僚韩熙载——这也是个人物（对，就是大名鼎鼎《韩熙载夜宴图》的主人公），韩设下一个圈套，派一位绝色歌伎假扮成驿卒之女，色诱陶穀。

盛气凌人的陶穀在驿馆内遇见一身布衣、楚楚可怜的驿卒之女在劳动，果然为之神魂颠倒。不久，两人便开始幽会。事毕，陶穀情不自禁即兴写词："好因缘，恶因缘，奈何天，只得邮亭一夜眠，别神仙。琵琶拨尽相思调，知音少，待得鸾胶续断弦，是何年？"

后来，南唐中主李璟设宴款待陶穀，陶穀这时又开始摆谱，李主几次斟酒劝饮，他都置之不理。这时，歌姬秦弱兰款款入场，演唱了陶穀的赠词——陶穀一看，这歌女不是驿馆内的那个扫地女佣吗？他大吃一惊，方知中了美人计，一时间羞愧得无地自容，只得狼狈而去。此事遂成敌国外交上的千古笑话。

唐寅在画中特意营造出一种私情幽会的氛围。四周的大树、假山和画屏巧妙地形成一个天然的屏障，把两个主人公巧妙地安置在一个私密的空间里。衣冠端庄的陶穀拈着胡须，看似坐怀不乱的模样；而娇柔秀美的秦弱兰怀抱琵琶端坐在凳子上，尽情弹唱。月光洒满大地，整个庭园显得那么幽谧、安宁，一阵悦耳的乐曲声似乎从秦弱兰的指间飘逸而出，充溢着情思动人的意境……

画上题诗道："一宿因缘逆旅中，短词聊以识泥鸿。当时我作陶承旨，何必尊前面发红。"这看似美好的画面究竟是一段浪漫因缘，还是官场争斗中的一场恶意设计？是对陶穀道貌岸然却经不住美色诱惑的讽刺，还是对相遇与错失的无奈感叹？一幅讽刺画却画得这样含蓄唯美，让人回味不已。

《李端端落籍图》中，一幅山水大屏风前居中坐一文士，从神态和坐姿的刻画就可看出一种儒雅潇洒的气度。右侧站着两名婢女；左侧一位女子手持一朵白牡丹，姿态文雅，身后是随从侍女。上方题诗："善和坊里李端端，信是能行白牡丹。谁信扬州金满市，胭脂价到属穷酸。"点明图中持白牡丹者即扬州名妓李端端，书生乃是唐代诗人、久居扬州的崔涯。

史书记载，崔涯为人豪侠，长于宫词。崔每题一诗于娼肆，即传诵于街头巷尾："誉之，则车马继来；毁之，则杯盘失错。"于是乎妓女们都怕这位诗

善和坊裹李端端信是
能行白牡丹誰信揚州金
滿市臙脂價都屬酸

唐寅畫幷题

唐寅《李端端落籍图》

人对自己写了不好的"广告词"，把自己的牌子砸了，"无不畏其嘲谑也"。当时的扬州名妓李端端美艳过人，但是肤色稍黑，被戏称为"黑妓"，崔涯写诗嘲笑她"黄昏不语不知行，鼻似烟窗耳似铛。独把象牙梳插鬓，昆仑山上月初明"。端端见诗后"忧心如病"，守在崔涯必经的路边，向他跪拜，"优望哀之"，崔被感动。一时间"不打不相识"，一个风尘奇女，一个诗坛高手，一来一往，关系从疏到密，从相互讥讽、论辩到互敬互重，擦出爱的火花。后来崔涯另题了一首诗："觅得黄骝被绣鞍，善和坊里取端端。扬州近日浑成差，一朵能行白牡丹。"口气一换，往日"黑妓"却胜似白牡丹，更加名噪遐迩，于是"大贾居豪，竟臻其户"。足见崔诗的社会效应！

　　唐寅对这个故事加以改造，将李端端向崔涯求谅变为当场论辩的画面，表现了李氏的智慧和胆略。她长得娇小端丽而又从容大方，手持一朵白牡丹，似乎正在评析自比。而崔涯静气安坐，凝神谛听，手按着一卷正拟写的新诗，内心折服之情思流溢于眉目间。唐寅还从崔涯诗中"取端端"一句衍化出"娶"，称李氏"落籍"（指旧时妓女从良）崔家。事实上这是一种善意的曲解，史书记载"大贾居豪，竟臻其户"，不过是崔涯写了段好广告词，给她招徕客人。传说此图中的崔涯正是唐伯虎的自画像，充分体现出唐寅对于这位唐代名妓的怜爱之心。虽相隔几个世纪，唐寅对于女性的怜惜和敬重之情仍昭然可见。

这些画里，王蜀宫伎给人的印象是美丽纯真而非妖冶；秦弱兰端坐弹奏琵琶，也没有一丝轻浮的感觉；李端端手执牡丹亭亭玉立，庄重而矜持。唐寅笔下的女子，总是温婉美丽、聪慧多才，男人反而成了陪衬。貌似不经心的几句题咏，却流露出他对当时虚伪官场和社会现状的讽刺与反抗。

很多年前，我看电影《唐伯虎点秋香》，周星驰饰演的唐伯虎油滑古怪，我一路看下来，只觉好笑；直到他大声念出《桃花庵歌》中的四句诗，"世人笑我太疯癫，我笑世人看不穿。不见五陵豪杰墓，无花无酒锄作田"，我立刻被震到了，仿佛被一种无形的力量击中。星爷看似无厘头的搞笑背后，却满是伤痕和眼泪。那一刻，我以为，星爷是懂得唐寅的，狂放不羁掩饰了他一生的失意、无奈、不忿和抗争。

唐寅自称"醉舞狂歌五十年，花中行乐月中眠"，关于他的传说，《三笑姻缘》《唐伯虎点秋香》《九美图》等早在明清时期便广为流传。事实上唐寅一生命运多舛，发妻在他二十多岁时去世，第二个老婆又在他涉科举案被抓后离他而去，三十六岁时，才娶了患难中的红颜知己沈九娘。唐伯虎点秋香的故事纯属虚构，明代确实有一个叫秋香的女子，但与唐寅并无交集。大概是因为唐寅这样一位才子的故事为人们所喜闻乐见，大家出于对他官场失意的同情，以及对他诗、书、画三绝的钦佩，便把他的故事加以改造创作，于是流传开来。

当其时，唐寅也偶有混迹风月场所之时，但他并非纨绔子弟，而是在游离于世俗与礼教之外的妓院里寻求精神慰藉，妓女是他绘画创作中的重要形象。如果笃定关于这些风流韵事的传言不虚的话，也只能归因于他的个性放荡不羁，文风肆意洒脱。他画春宫图，也正是他不羁性格的表现。据说他是我国绘画史上唯一以妓女为模特儿画过裸体像的画家，所以春宫图才画得那么传神。他画过一套《风流绝畅图》，多达二十四幅，经由徽派刻工贵一明摹刻成版画，被视为中国古代春宫图之瑰宝。在《红楼梦》第二十六回中，呆霸王薛蟠曾在别人家里见过一幅十分精致的春宫图，讲起此事，眉飞色舞，只是他胸无点墨，把作者"唐寅"误读为"庚黄"了。

仇　英

自明朝下半期以后，受当时社会思潮的影响，文人士大夫渴望摆脱传统理学的禁锢，追求精神上的享乐，于是助长了奢靡放纵的社会风气，性开放大行其道，性小说风靡一时，春宫图也特别流行。这方面的画家能与唐寅并列的，还有仇英（号十洲）。

生卒年月已不可考的画家仇英，出身于江苏太仓一个平民家庭，原本是一名身份低下的漆工。他从一个社会底层漆工成长为一名著名画家，主要依靠一生中的三位贵人。

最早，他在画家周臣家中当漆工。周臣是唐寅的老师，他从这名小漆工的装修墙绘中发现了他的天赋，于是把他收为学生，教他画画。

在周臣的引荐下，仇英结识了当时执掌吴中文坛的"大佬"文徵明。文对仇英加以引导，使之在绘画技法中融入文人趣味。有了文徵明的提携，仇英才逐渐被苏州的文人圈子接受。

最后，真正让仇英得以画技大进的则是与项元汴的来往。项元汴是明朝的大收藏家、大鉴赏家，"所藏法书、名画以及鼎彝玉石，甲于海内"，"所藏如顾恺之《女史箴图》等，不知其数，观者累月不能尽也"。项元汴聘仇英为自家的画师，令其临摹自己所收藏的古画。对于仇项双方来说，彼此实在太合适不过了。仇英不仅从此生活有了保障，而且通过临摹项家的藏画，深入学习古画精髓，技艺迅速提高，也为他最终形成集大成式的绘画风格奠定了基础。这对一个漆工出身的画工来说，简直是可遇不可求的事。

明朝时期，资本主义开始萌芽，经济的繁荣带动了文化的发展。现在看来，项元汴是一个相当具有现代博物馆意识和经纪人意识的收藏家。他让仇英临摹古画，一是为了复制保存便于收藏，二是用来作为高仿品出售。他力捧仇英，把他介绍给圈子里的书画名流、巨富大贾，将仇英的《汉宫春晓图》，定价为200金，售价远在当时最负盛名的沈周、文徵明、唐寅作品之上。果然，仇英声名鹊起，订单纷纷而来，最终跻身"明四家"之列。

但是，在明朝画坛，文人画已经极为风行，画作都要有文人气，才是上品。在文人画家统治下的画坛，似乎从来就轻视画工。仇英出身寒微，纵然有极高的艺术造诣，也被士大夫阶层看成白丁，不把他当回事情。这也是为什么他的生卒年月几乎不可考证，因为历史的记载里几乎将他忽略不计。他的作品中，都只有签名盖章，无一款题咏。

明末画坛评论大佬董其昌著书立说，以"南北宗论"将仇英归为贬抑行家画的"北宗"一派，但看到仇英的精工细笔，却也默默竖起了大拇指，称仇英为"近代高手第一"，"盖五百年而有仇实父"，被他的画深深折服。

仇英的代表作《汉宫春晓图》被誉为中国十大传世名画之一，绢本重彩，纵30.6cm，横574.1cm，是中国重彩仕女第一长卷。这幅画用手卷的形式描述初春时节宫闱之中的日常琐事，如妆扮、浇灌、折枝、插花、饲养、歌舞、弹唱、围炉、下棋、读书、斗草、对镜、观画、图像、戏婴、送食、挥扇，画后妃、宫娥、皇子、太监、画师凡一百一十五人，个个衣着鲜丽，姿态各异，既无所事事又忙忙碌碌，显示了画家过人的观察能力与精湛的写实功力。全画构景繁复，林木、奇石与华丽的宫阙穿插掩映，铺陈出宛如仙境般的瑰丽景象。这是一幅美女群像图，更是一幅当时王公贵族休闲生活的风俗画卷。

熟读古画的人都知道，历代画家的作品，绝少有超大尺幅，如人物与山水同时出现，也不过一二山水，三四人物；可是仇英的画，不怕人多，不怕山水繁复，更不怕楼宇精工重叠。他的《汉宫春晓图》，动辄就绘几十上百个姿态各异的文人、美人，河流一丝水纹不少，大树一片叶子不落，房脊上瓦片一块不差。这样的精密细致，这样的纷繁复杂，需要何等呕心沥血的精心绘制，可想而知。仇英的画，每一幅都像豁出了命一样，极度的精致，极度的细谨。他似乎一生都不能放松，不能随意，不能画坏任何一笔。

更令人着迷的是，他把当时王公贵族热闹非凡、活色生香的世俗生活——琴棋书画、休闲娱乐，活生生地呈现于今人的眼前，几百年过去，那种优雅极致的生活场景看起来仍如同仙境一般唯美。我想，仇英得以细致地把这些场面一幕幕描绘下来，大概是因为一个出身社会底层的漆工突然被邀入一种对他来说完全陌生的贵族生活，相当于《聊斋志异》里一个落魄书生无意中闯入世外桃源。他以

仇英《汉宫春晓图》局部

一种偷窥的姿态，用自己的画笔把他看到的画面——古画中的宫廷生活也好，现实中富贵人家的世俗生活也好——融合起来，画成了一幅古代贵族女子闺阁生活的图卷。而今天的我们，得以从一个偷窥者的角度，窥见几百年前，庭院深深处、幕帘重重下，那些衣香鬓影、莺歌燕舞的生活场景，香艳、生动、鲜活。

晚明画家董其昌评价仇英的绘画说："至如刻画细谨，为造物役者，乃能损寿，盖无生机也。"他认为画画过于工谨细致，就会被现实所累，失去了生机，会损害阳寿。据考证，画工笔、白描这种精细的画儿，极其考验耐力、眼力，而且因为精神长时间高度集中和紧张，非常有损健康。画得过于细谨容易短命——这简直像一句诅咒，仇英不到五十岁便英年早逝，董其昌说他为"造物役"，这并非没有道理。

唐寅和仇英算是同门师兄弟，在很多场合，唐寅都提携过这位出身寒微的师弟。巧的是，两人所作的春宫图，在民间绘画史中享有同样高的声誉。与祝鸷

不驯的唐寅不同，仇英一直是谦虚谨慎、好学上进的好学生。唐寅的仕女画，是文人画的代表，最出彩的是他的题诗，起到画龙点睛的作用；而仇英的画中从无题款，他只把自己的名字谨慎地、小心地题在画的一角。这样的差别也让人感觉到，如果说唐寅的春宫图更多彰显了他不羁的个性，仇英的春宫图则可能只是为了谋生和满足雇主的要求。与其说仇英为人"好色"，不如说他作画"好色"，而"好色"正是仇英终其一生的艺术理想和精神追求。

陈洪绶

事实上，明朝画家里，最"好色"的还要数陈洪绶。陈洪绶（1598—1652），字章侯，号老莲，浙江诸暨人。他书法遒逸，善山水，又工人物，人称"明三百年无此笔墨也"。据说他每宴必酒，每酒必醉，"非妇人在坐不饮，夕寝非妇人不得寐"——喝酒一定要有美女作陪，睡觉一定要有美女服侍。这样一个学养全面的画家，何以放荡恣肆到如此地步？在天性风流之外是否还有其他难言之苦楚呢？

陈洪绶生活在一个世代簪缨的名门望族，年少时即以画艺奇绝声名远播。但是，像大多数中国文人一样，治国济世才是他的最终理想。陈洪绶屡次应试都以失败告终，后来却阴差阳错因为绘画天赋被招入宫中，负责临摹历代皇帝画像。这当然不是陈洪绶的理想，加上明末宫廷种种腐败险恶，让天性脱俗的他忍无可忍，痛定思痛，毅然辞官离京。

不久，李自成的农民军攻破京城，旋即又是清兵入关，明朝国破，山河凋敝，陈的师友或以身殉国，或流离失散。清人毛奇龄在《陈老莲别传》里记载，1646年夏天，陈洪绶在浙东为清兵所掳。清兵似乎也很识货，抓住这位大画家，"急令画，不画。刃迫之，不画"，后来想了一招，"以酒与妇人诱之，画"——刀架在脖子上他都不肯画，给他酒和女人，他立马答应了。

不久，陈洪绶逃脱清兵追捕，到绍兴的云门寺削发为僧。削发的理由不是爱上佛门，仅仅为逃生而已。但从此，陈洪绶自称悔僧、悔迟。悔什么呢？他写诗说："剃落亦无颜，偷生事未了。""国破家亡身不死，此身不死不胜哀。"不久他又还俗，以卖画为生。然而，这样的偷生也没维持多久，四年后他就去世了。

年轻时，这位风流倜傥的世家子弟名噪一时，美女们也对这位才华绝世、名满天下的大才子青眼相看。他二十二岁那年在西子湖畔游览，时值三月，春色明媚，桃花盛开，名妓董飞仙慕名骑马飞驰而来，顺手撕下身上一块白绡求他作画。这是何等浪漫而美好的一个场景，简直令人梦魂萦绕！——足以令陈洪绶一生念念不忘。他曾写诗："桃花马上董飞仙，自剪生绡乞画莲。好事日多常记得，庚申三月岳坟前。"事隔多年，又写了一首："长安梦见董香绡，依旧桃花马上娇。醉后彩云千万里，应随月到定香桥。"

发生在陈洪绶身上的这类故事颇多。他的好朋友张岱在《陶庵梦忆》中记述了另一段风雅趣事。1639年的中秋夜，张、陈二人在西湖乘画舫游玩，一个女郎宣称要搭船同游。此女"轻纨淡弱、婉嬺可人"，本来喝得昏昏欲睡的陈洪绶顿时兴奋莫名，两眼炯炯，以唐代传奇中的虬髯客自命，要求与此女同饮。女郎竟然也毫不扭捏作态，欣然就饮，两人很快就把船上的酒都给喝空了。等她下了船，陈在后面暗暗跟踪，只见此女倩影飘过岳王坟就消失了。这个女子，是人是鬼？是妖是仙？醉酒"嚎嚣"的陈洪绶遇上这样的美女，是怎样的心猿意马？

到了晚年，不改本性的陈洪绶越发轻狂不羁。时人称他"纵酒狎妓"，所谓"客有求画者，虽罄折至恭，勿与。至酒间召妓，辄自索笔墨，小夫稚子，无勿应也"——有钱人拿大把银子向他求画，他不予理睬，但只要有酒、有女人，他就会作画；即使贩夫走卒乃至垂髫小儿，他都有求必应。时人云："人欲得其画者，争向妓家求之。"在乱世之中，他自愿陷于红尘迷乱，也是一种无奈和辛酸。

纵观陈洪绶的一生，他始终无法实现自己的理想，把握自己的命运。幼年时，父疼母爱，锦衣玉食；少年时，才华横溢，追慕者众，也是大好时光；然而，随着岁月流逝，抱负不展，生命渐渐黯淡；及至晚年，国亡家破，生活无着，只能遁入空门以避难。在这样的境地里，他万念俱灰，除了对艺术的追求，还以行动上的率性去离经叛道，获得精神上的自由——于是他沉迷于酒色之中。乱世之中，一个不肯苟且的文人画家，或许只有沉迷于放浪形骸、醉生梦死，才能度日偷生。

那么，他的仕女画又是怎样的风采呢？陈洪绶的人物画一向以"高古奇骇"的独特风格著称，他所画的仕女，也不是传统意义上的美人。他笔下的仕女常常头大身小，有颈无肩，身体向前倾斜形成弓形——这种夸张变形的形象是陈洪绶仕女画的独有标志。明朝仕女多画得消瘦，他却偏爱唐代仕女的形象造型，面部圆润丰肥，发髻厚重，但也没有重彩渲染。画中女子多是八字眉、丹凤眼、脸庞并不秀美，却传神地诠释了《红楼梦》中"两弯似蹙非蹙罥烟眉，一双似喜非喜含情目"那种典雅、诗意的女性形象。画中人身体前倾的姿态看似佝偻，又似病态，但是仔细看来，人物神态自若，出奇地优雅淡定、含蓄从容。

陈洪绶画了很多画，如《蕉林酌酒图》《歌诗图》等，这些画表现的内容大同小异，都是一名文士坐在庭院中，宽袍大袖，坐姿从容，庭院中摆设着花插

陈洪绶《仕女图》

陈洪绶《蕉林酌酒图》《歌诗图》

与酒具，另外有两个美人相伴在旁，或饮酒、或观画、或读书、或弹琴、或吟唱——这大概便是他日常生活的写照。从这些画中不难看出，他笔下的女子并非传统意义上的美女，他最为看重的并非一个女子外表的美貌，而是她内在的才气和情趣。他的"好色"，也并非一种生理层面的需求，而是注重与对方的精神沟通、艺术交流，以获得自己精神上的愉悦和慰藉。

陈洪绶"好色"，对女子天生温情脉脉——尽管这份用情多少有点泛滥，但却是真实的。没有这种至真至诚的"用情之痴"，如何能做到"所画美女，姚冶绝伦"？单纯说陈洪绶"好色"，乃是不懂他的"深情"罢了。

董其昌

唐寅为人狂放不羁，仇英勤力为画，陈洪绶就算"好色"也算是为多情所累。诗酒风流是古代文人墨客的消遣方式，更多的时候还能为文化艺术增添色彩。但是，明朝历史上却有一位因"好色"而臭名昭著的大画家，他究竟是谁？究竟"好色"到什么程度，竟然引起众怒？——他就是前文中提到的董其昌。

董其昌何许人也？他不仅是晚明最杰出、影响最大的书画大家，而且官至礼部尚书、太子太保，乃"华亭派"的领袖人物，曾被誉为"海内文宗"。

董其昌头上顶着高官和大书画家等几重光环，辞官回乡后名动江南，迅速成为拥有良田万顷、华屋数百间，势压一方的官僚大地主。迅猛增长的财富使他迷失了本性，他老而渔色、骄奢淫逸，虽已妻妾成群，却还常常招致方士，用幼女修炼房中术，竟到了变态的地步。万历四十三年（1615）秋天，他强抢民女，又私设公堂，"封钉民房，捉锁男妇，无日无之"，最后激起民愤。第二年春天，愤怒的百姓向董家纵火，大火彻夜不止，将其数百余间房子烧成了灰烬。

作为中国艺术史上在书画和文物鉴赏方面都有相当造诣的一个文人，董其昌最后堕落成一个为非作歹的恶棍，不能不令人唏嘘。后人抨击其道："不意优游林下以书画鉴赏负盛名之董文敏家教如此，声名如此！""思白（董其昌号思白）书画，可行双绝，而作恶如此，异特有玷风雅？"

撇开董其昌的恶劣行为，放眼望去，古今中外，诗人和艺术家之"好色"，似乎都是常见的命题。软玉温香抱满怀也罢，红袖添香夜读书也罢，他们需要新鲜美丽的女子，来激发自己更多的创作灵感和激情，即使多被世人诟病，似乎也无可厚非。由明朝的政治制度和经济发展所形成的畸形社会风气，更是使得许多文人画家的创作都离不开性与"好色"这条主线。也正是有了这些恰到好处的"好色""多情"，明朝进入中国绘画史上仕女画创作的艺术成熟阶段，而且在表现技法上亦丰富多彩，使仕女画得到更进一步的繁荣和发展，从而诞生了许多惊艳世俗的唯美作品，成就了中国画史上最流光溢彩、绚丽多姿的篇章。

今天我们回头看这些画家，已然脱离尘世的众多爱怨情仇，前尘往事已随时光消散，唯有他们留下的那些个摇曳多姿的女子形象依然鲜明。那些女子曾经是他们的梦，曾经是他们的笑，曾经是他们的爱与愁。那画笔中凝结的情感，一并定格在时光隧道，成为历史最恬静的回首、最美丽的诗篇！

时值三月，正是一年春来早，鹏城无处不飞花。三月是草长莺飞、春意盎然的日子，是百花争艳、姹紫嫣红的日子，也是属于女人的日子。

"东门之池，可以沤麻。彼美淑姬，可与晤歌。东门之池，可以沤纻。彼美淑姬，可与晤语。东门之池，可以沤菅。彼美淑姬，可与晤言。"这是《诗经·陈风·东门之池》中对于美丽女性的歌颂。早在上古时期，对于女性的赞美便不仅着眼于容貌之美，而更着重强调其长于与人沟通交流的才情智识。因此，在漫长的封建社会发展历史中，即使在教育水平普遍较低的环境下，也有部分女性接受了相当严格的才艺教育。这其中的小部分又得以在局促的人生中发挥出超凡的才华，从而成就了古代女子兰心蕙质的知性之美。这其中，有一项重要的才艺便是绘画。

在这样的明媚春光中，翻看古代画史，关于女性画家的记载可谓寥若晨星，经过岁月的冲刷，她们所留下的作品更是寥寥无几。今天我们所能看到的女性绘画作品虽然不多，但每一幅都是在漫长的男权社会里她们曲折的人生经历和丰富的情感世界的直接见证。她们犹如旷野深谷中的幽兰，虽然不曾为世人所熟知，但却始终在一边默默地吐露着芬芳。在浩如烟海的绘画艺术史中，每一位女性画家，皆为银盘珠玉，每一幅画作，都是沧海明珠，她们和它们折射出的艺术光芒璀璨夺目，令人心驰神往。

元代以前：女性画家寥寥可数

　　三国时期吴王的赵夫人是最早在文献中有记载的一位女性画家。唐代张彦远所著绘画通史《历代名画记》所辑录的373人中仅有这一名女性画家："吴王赵夫人，丞相赵达之妹。善书画，巧妙无双。"孙权尝叹："蜀魏未平，思得善画者图山川地形。"夫人于是画了一幅"江湖九州岛山岳之势"进献，大概相当于一幅军事地形图，这要求作者具有很强的写实功力及表现力。而东晋时期有"画绝"之称的顾恺之的代表作《洛神赋图》，画中山石树木只能算作背景，画法尚显生涩；相比之下，早于他一百年的赵夫人能绘"江湖九州岛山岳之势"，可见她的山水画功底更胜一筹。遗憾的是后世没有留传下来她的作品，我们无缘得见。

　　宋代女性画家的数量较前代有了明显增多。2004年，上海某拍卖行推出北宋艳艳的《草虫花蝶图卷》。这可能是目前中国绘画史上最早的女画家存世图卷。艳艳，生卒年不详，史书记载她是某官吏的小妾，南宋邓椿《画继》曾记载："任才仲妾艳艳，本良家子，有艳色，善着色山。才仲死钟贼，不知所在。"在这幅长达3米的花鸟图卷上，画家用纤细的笔触描绘了一幅蝶恋花的景色，湖石之间，兰花、海棠等次第开放，蝴蝶、蜻蜓翩翩飞于其间，画面设色清雅，放在现代也是一幅佳作。

北宋 艳艳《草虫花蝶图卷》局部

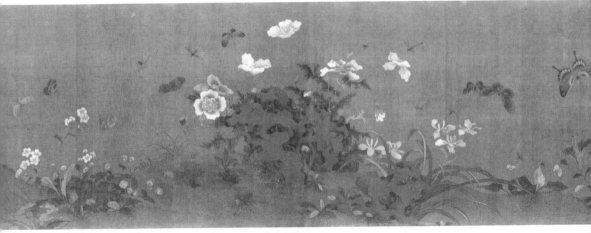

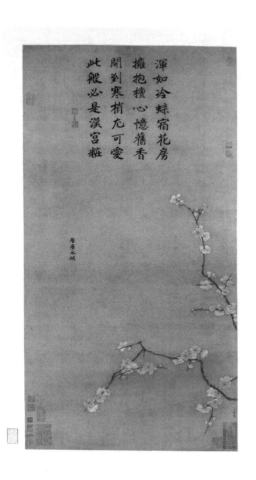

南宋 马麟《层叠冰绡图》（杨妹子题跋）

南宋 杨妹子《题图诗》

宋朝的另一位女性画家，南宋宁宗恭圣皇后杨妹子（另有一说是皇后的妹妹，又名杨娃），在历史上是个有名的人物，画史中常见她题画的轶事，相传也是一位才华横溢的女子。明代文学家、历史学家王世贞曾记："凡远画进御，乃颁赐贵戚，皆命杨娃题署。"杨皇后出身卑微，年轻时因貌美入宫，后来前皇后病逝，她又因为"涉书史、知古今"继任皇后，最后被尊为太后。

杨妹子擅绘画、精鉴赏，世传其书法类似宁宗，清代姜绍《韵石斋笔谈》评其书法"波撇秀颖，妍媚之态，映带漂湘"。在南宋画家马麟的传世名画《层叠冰绡图》中，她题图名"层叠冰绡"，并题诗："浑如冷蝶宿花房，拥抱檀心忆旧香。开到寒梢尤可爱，此般必是汉宫妆。"

在另外一幅团扇中，她题诗曰："瀹雪凝酥点嫩黄，蔷薇清露染衣裳。西风扫尽狂蜂蝶，独伴天边桂子香。"书法气韵清新，内容隐含深意，特别是后两句霸气隐现。一个出身微贱而内心强悍的女子最终跻身高位，其间经历过多少的刻苦钻研、苦心经营，大概是常人难以想象的吧。

元代：画竹名家管道昇横空出世

到了元代，管道昇的出现，意味着中国绘画史上第一位重量级女性画家诞生。

管道昇，字仲姬，吴兴（今浙江湖州）人，封魏国夫人，世称管夫人。她精湛的墨竹和潇洒的书法至今都为人所称道，堪称中国古代画史上最著名的女画家。她二十八岁时嫁给了元代书画大家赵孟頫。二十八岁的管道昇在古代已然是剩女，而赵孟頫虽为宋室后人却在元朝出仕，虽居高位却又处于前宋文人不齿、蒙古贵族不屑的境地，两人大概都是老大难。然而婚后几十年里，他们朝夕相处，切磋技艺，十分恩爱。大约婚后二十载时，赵孟頫有意纳妾，于是作曲示意："我为学士，尔作夫人，岂不闻陶学士有桃叶、桃根，苏学士有朝云、暮云？我便多娶几个吴姬、越女无过分。尔年纪已过四旬，只管占住玉堂春。"管道昇便画了一幅画，在上面并题《我侬词》以答："你侬我侬，忒煞情多，情多处，热如火。把一块泥，捻一个你，塑一个我。将咱两个，一齐打破，用水调和。再捻一个你，再塑一个我。我泥中有你，你泥中有我。我与你生同一个衾，死同一个椁。"此后，《词苑丛谈》记载了结果："子昂得词，大笑而止。"可见他们夫妻二人的相处十分轻松和谐，原因在于精神交汇、灵犀相通。正是因为管道昇"翰墨词章，不学而能"，她才能扶持赵孟頫，也才使得两人在险恶的宦海风云中荣辱共守，相濡以"墨"，在诗坛画苑中相携游艺三十年，留下了美满姻缘的千古佳话。

管道昇在山水画、佛像画、书法等方面多有成就，但画竹作品的声誉最高，《绘图宝鉴》中评价管道昇"晴竹新篁，是其所创，寸绢片纸，人争购之"。她的《墨竹图》用笔劲健锋利，用色浓重厚实，大丈夫胸襟和气度跃然纸上，是国宝级的传世名作。

她在另一幅《竹石图》里画的竹子又不一样。画面上一块嶙峋瘦石，旁边生出一簇萧萧青竹，这竹子不像一般文人画的那样挺拔刚直，而是纤细、秀逸，在风中微微弯斜却不肯折腰，更显出一种柔韧不拔的气势。史书记载管道昇能"作墨竹七八十种"，从这幅画里大概能管窥一二。竹在古代文人心中为君子的象征，取其正直虚心高节的意思。俗话说"喜气写兰，怒气写竹"，管道昇喜欢画竹，可见她的性格里，温婉娟秀中更有一种坚韧刚强、不卑不亢的大丈夫气概。

管道昇相夫教子，栽培子孙后代数人，"赵氏一门"三代中出了七个大画家（子女赵雍、赵奕以及孙子赵凤、赵麟，外孙王蒙）。元仁宗曾将赵孟頫、管道昇及他们的儿子赵雍的书画作品装裱在一起收藏，谓"使后世知我朝有一家夫妇父子皆善书，亦奇事也"，以之为荣耀事。我想这便是"书香门第"的最佳代言人了！

管道昇享年五十八岁，她的一生，既有安乐无忧的生平、书画诗词的造诣，

元 管道昇《竹石图》

也有一生一世一双人的美满佳缘，还有培养书画世家的荣耀——在那个女子完全没有话语权的时代，管道昇可算是妥妥的人生大赢家了。

明代：闺阁画家和青楼画家大放异彩

明代可以说是中国历史上女性绘画创作最为辉煌的时代，这一时期涌现了许多有影响力的女性画家和众多优秀的书画作品。我国第一部女性绘画专著《玉台画史》将古代女性画家分为四类：名媛、姬侍、宫掖、名妓；但是我在这里简单地将其分为两类：闺阁画家和青楼画家。"闺阁画家"是指出身文化世家，生活优越或者生活有所依托，具有笔墨修养的女画家，包括上面所称的"名媛、姬侍、宫掖"；"名妓画家"则是指那些画艺出色的风尘女子，我觉得称为"青楼画家"比较适宜。

闺阁画家代表：文俶、仇珠

文俶，字端容，长洲（今苏州）人，是著名书画家文徵明的后人。自幼在父亲文从简（文徵明的曾孙）的笔墨熏陶下操笔写字作画，后嫁与"吴中秀门"赵氏。婚后，文俶与丈夫一同生活在寒山，那里的花草树木、飞鸟鱼虫，成为她取之不尽的创作题材。她孜孜不倦地研习花卉画创作，曾悉心描摹李时珍的《本草纲目》中草药插图千余幅，并对照所居寒山中的花草写生，绘有《寒山草木昆虫状》。她的丈夫赵灵均也出身名门，是著名的金石学家，婆婆陆卿子擅词章翰墨，名重一时，时人将文俶的绘画与婆婆陆卿子的文笔、丈夫赵灵均的篆书合称为"三绝"。

在文俶流传下来的花卉图册里，她以女子特有的细腻精微的目光，选取大千世界中平凡常见的花草虫蝶，用工笔的小写意画出小花小草的轻柔之美，虫儿伏在草丛中，蝴蝶在花间飞舞，旁边湖石的硬朗和柔美的花草构成鲜明的质感对比。画面生机勃勃，既有温和婉约的女性气息，也充溢着活色生香的生活情趣。她笔法细腻工整，体现了出身名门世家的大家闺秀在家教严整下所特有的循规蹈矩和一丝不苟。清代张庚在《国朝画征续录》中给了她很高的评价："俶善花鸟草虫，尝作寒山草木昆虫百种，曲肖物情，亦能苍松怪石，笔颇老劲。吴中闺秀工丹青者，三百年来惟文俶为独绝云。"

文俶画名远播，不仅购画者纷至沓来，众多闺阁、姬侍（如周淑禧、周淑祜等）也争相登门拜师。据钱谦益的《牧斋初学集》记载，当时市面上甚至还有人临摹或伪造文俶作品以谋利，于是她的丈夫赵灵均在妻子"写生落墨，画成"之后，亲自"手为题署，以别真赝"。文俶尤其喜欢画萱草，大概是因为她一辈子未曾生育，而萱草有"忘忧草""宜男草"之称吧。

明 文俶《秋花蛱蝶图》

明 文俶《萱草图》

辑一 美人如玉

明 仇珠《女乐图》轴

仇珠，是"吴门画派"画家仇英之女。十五岁（及笄）时，仇英用文徵明相赠的寿山石镌刻了一方"杜陵内史"印章送给她，仇珠视为爱物，经常使用此章，后人便称她为"杜陵内史"。作为绘画名家的女儿，仇珠自幼耳濡目染，渐通笔墨，王穉登《吴郡丹青志》评论她"粉黛钟灵，翱翔画苑，寥乎罕矣"，并称她为"窈窕之杰"。

仇珠绘画深得其父真传，擅长工笔重彩人物画，从其代表作仕女画《女乐图》可见她深受父亲画风的影响。画中，三位贵族女子盘脚坐于地毯上，手执乐器，在殿宇前配乐演奏，三位宫女伺立一旁，似乎被这悦耳的乐声深深吸引。画中人物神态自然，举止优雅，衣物线条流畅，背景中的宫殿和树木相互掩映，如在仙境之中。仇珠结合了青绿山水和工笔重彩的画法，在精美严整的画风中透露出古雅之美。清代钱大昕对她给予很高的赞誉，赞她"杜陵内史濡染家学，写洛神飘忽若神，一扫脂粉之态，真女中伯时（李公麟）也"。

青楼画家代表：马守真、柳如是

明朝晚期，名妓辈出，可谓空前。耶鲁大学孙康宜教授曾经评论："名妓便是晚明文化的象征：她们的审美意趣、她们的才华、她们的美貌、她们的坚忍、她们的自裁——在在都迎合了王朝自身悲剧性的命运。"当时的名妓，除了外貌出众，更是琴棋书画样样精通，才情并茂。其中"秦淮八艳"最是名动一时。她们处在明末清初这一动荡的历史时期，每个人的经历之丰富之坎坷多舛，都可以写成一本书。其中最有名的就是马守真和柳如是这两位，她们被世人作为青楼画家记载在画史之中。

马守真，金陵（今江苏南京）人。"秦淮八艳"之中，马守真姿色最为平庸，但"吐辞流盼，巧伺人意"，"性喜轻侠"，常常挥金送人，她的住所"幽兰馆"更成为当时名流雅士云集的会所。她有着女子的聪颖机敏，也有着须眉的豪爽侠义，巧妙周旋于男人之间，构筑起

明 马守真《兰花图》

自己的文化人脉圈。她尤擅画水墨兰竹，一时风靡江南，名满天下，引领画坛的兰竹风格，世称"马湘兰"。

说起马守真，不得不提起与她纠葛了三十年的文化名人王穉登。年少时，马守真遇上了落魄的王穉登，两人颇为投缘。未几，马卷入一场官司，被官府多方刁难，这时王慨然援手，利用自己的人脉资源，替她了结了这场是非。王穉登曾以"相门山人"蜚声燕都，考试落第后又于吴中艺苑名重一时，被视为文徵明后继承吴中风雅的领军人物。后来马向王表示愿意委身相许，与之为妾。如果顺利发展，将又是一段类似"柳如是和钱谦益""冒辟疆与董小宛"的佳话，但是王却婉言谢绝了（天知道他心里在纠结什么）！

就这样，两个人一方深情款款倾心以对，一方态度暧昧若即若离，开始了一段长达三十年的情感纠缠。后来王定居苏州，马也不时去探望他，还时常书信传情。时光就在这样清淡如水的交往中流逝，两人含糊不清地游离于爱情与友情之间，既是挚友，又如兄妹，胜似夫妻。

万历三十二年（1604），以诗文显赫于世而主掌吴门文坛三十年的王穉登举办七十寿辰，邀马守真一聚。这是两个人第一次在人前的正式约会。已五十多岁的马守真买了一艘大楼船，载着一众女弟子一路从金陵来到姑苏祝寿。这一场轰轰烈烈的聚会可谓世人瞩目，"宴饮累月，歌舞达旦"。当她动情吟唱"举觞庆寿忆当年，无限深思岂待言。石上三生如有信，相期比翼共南天"时，暮年的王穉登泪如雨下。这场情感盛宴，可谓当年苏州轰动一时的盛事。然而，这一场

聚会大概是耗尽了马守真的心血，她在姑苏盘桓了两个月后回到金陵，不久便病逝了。

马守真的画里，出现得最多的就是兰、竹和湖石。那或许不仅是画，更是她的情障。兰是她自己，竹是王稚登，兰竹相依比喻两人的相惜相知，而那块湖石，永远隔在他们中间。谁也说不清，这块顽石，到底是业障，还是连接他们命运的缘分。也许正因为有了顽石的存在，兰和竹才更加根连系结，情根深种……

马守真在绘画上的造诣很高，当年曹雪芹的祖父曹寅曾接连三次为《马湘兰画兰长卷》题诗；故宫的书画精品中藏有她的兰花册页；她的作品近年来在国外的收藏界也很受欢迎。后来王稚登写《吴郡丹青志》，以"闺秀志"单独列出了女性画家，第一次把女性写进画史，大概便是出于对红颜知己马守真的敬重和珍爱之意吧。

柳如是，江苏吴江人，号影怜、河东君。这位实在太出名了，曾名列"秦淮八艳"之首，后来嫁给"东林领袖"钱谦益为妾。她博考群籍，能书擅画，故宫藏有其《月堤烟柳图》卷。画上，钱谦益写了一段跋文，记述了此画的创作由来："寒食日偕河东君至山庄，于时细柳笼烟，小桃初放，月堤景物殊有意趣，河东君顾而乐之，遂索纸笔坐花信楼中图此寄兴。"写明这幅画是柳如是一时兴起即兴挥毫而成，相当于一幅山水速写，看得出来运笔的线条较弱，造型也比较稚嫩，但它带有鲜活的自然气息，成功再现了清新温润的江南春色。这幅画在中国画史上具有重要意义和特殊性，故宫现藏的300多件女性画家作品中，只有管

明 柳如是《月堤烟柳图》局部

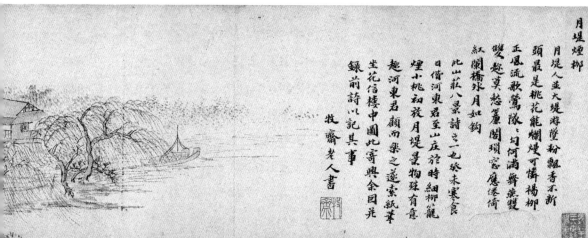

道昇的《墨竹图》和柳如是的这幅《月堤烟柳图》被列为一级品，因为这是国内现存的女性画家所创作的第一件写生山水作品，意义匪浅。

另外一幅《雪山探梅图》则描绘出一片白雪茫茫的幽淡景致，远山之中，一位长者拄杖，童子抱琴在后，两人在雪山中远足探梅。这幅画颇有文人画之清雅意趣。古代女性画家很少画山水画，柳如是画山水有其得天独厚的条件：一来她嫁给钱谦益之后，时常身着男装陪同丈夫出游，得以遍览湖光山色；二来她时常临摹钱家收藏的山水画，受益良多。

后来，清兵入关，钱谦益对外声称将效法屈原投水自尽，最后却因"湖水太凉"不肯投湖，反倒是柳如是奋身跳入水中，不惜一死，被人救起。后来，柳多次变卖家财，资助抗清武装，连后世的大学者陈寅恪都为之感动，写了八十万字的《柳如是别传》，为其立传。

综合来说，明朝尤其是明末清初时期出现了大量女性画家。一般来说，闺阁画家成长于书画世家，家庭艺术气息浓厚，自小耳濡目染，绘画恪守严格的规范和技法。她们过着优裕、安定的生活，绘画是她们用来消遣时光、聊以自娱的手段，闲庭雅境中的花草虫蝶是她们最喜爱的画题。这些大家闺秀成家后，随着人生经历的变化，描绘题材也发生了变化，也会描绘观音大士、罗汉等佛教题材，以示虔敬、礼赞。

相比之下，青楼画家交往广泛，与文人墨客、达官贵人多有唱和，需靠姿色、才艺迎合客人的兴趣，绘画是她们用来竞争、谋生的辅助手段，所以在艺术上也不自觉地迎合文人的趣味。她们创作的题材以兰竹为多，一来是因为兰竹属于历代文人所

明 柳如是《雪山探梅图》

赞美的四君子，通过描绘有君子风范的兰竹，可以表现出自身的高洁情怀；二来，兰的清幽、竹的清高可以映射出她们在特殊的生活环境中所持的清宁自守心理状态；第三，就是绘画已经成为明清时期文人雅士与青楼画家之间的一种精神交流形式，兰竹的形象简单，技法单纯，创作时间短，纵情涂抹三两枝，便可助一时之兴。

清朝：宫掖女画家深受瞩目

明末清初，才媛辈出，但是到了清中期即所谓的盛清时期，女性画家的数量开始明显下降。究其原因，则是当时对待女性的社会舆论与政策导向与明末清初时期截然不同。清政府注重家庭价值，提倡贞节观念，抑制娼妓文化的发展，雍正皇帝颁令禁止女乐，改官妓为私营，乾隆皇帝更是下令加强在家庭道德方面的宣教与控制，一再强调有德妇女对治国齐家具有无比的重要性，使得青楼的地位在盛清时代陡然下降。青楼不再处于文人、文化交流的中心，盛清也就失去了青楼画家的培养土壤，青楼画家数量自然骤减。而另一方面，由于清政府的大力推扬，闺阁女性画家以其"妇女才德"成为社会道德的模范，社会地位大大提升。

陈书（1660—1736），字复庵，晚年自号南楼老人，出生于嘉兴一名士家庭。嘉兴地区的"吴门画派"和"常州画派"影响深远，女子提高诗词书画修养也是当时的社会风气。陈书出嫁后，夫家家道中落，她顾全大体，"脱簪珥以助"，并通过卖画维持家庭生计。她勤俭持家，夜来纺纱织布，陪子读经吟诗至深夜。后来，长子钱陈群中了进士，她为此画了一幅《夜纺授经图》，描绘自己在夜深人静时一边纺纱，一边教子读经的情形，神态毕具。

后来，钱陈群官至刑部左侍郎，成为乾隆的宠臣，陈书得以"母以子贵"，成为乾隆朝最为知名的女画家。此外，她还在张庚、钱维城等文人名流年少时加以辅导，传授他们绘画技能。因着这样显达的文人背景和流通环境，陈书成为历史上作品入藏宫廷最多的女画家，在清内府收藏中达24件之多，且画上多有皇帝的品题。她的作品也是女性画作中涉及题材最广、科目最全的，善花鸟、草虫，亦擅长山水、人物，间绘观音大士、佛像等。书画评论家秦祖永在《桐荫论画》

清 陈书《梅鹊图》

中说："南楼老人陈书，花鸟草虫，风神遒逸，机趣天然，极其雅秀，余昔见画册十二帧，系写各种花草，用笔用墨，深得古人三昧，颇无脂粉之习，故好事者多争购之。"

从作品来看，陈书在晚年做太夫人的悠闲时日里，创作的作品最佳，流传最广。然而她所处的时代，已经缺乏晚明时期女性集体绘画的浪漫与深情，她更多在为宫廷作画，虽然细致，却也似乎缺了些灵性。

另外一位妇孺皆知的女性画家，便是民间俗称"西太后"的慈禧了。慈禧除善弄权术、热衷政治外，生活中也喜爱书画，尤其爱把自己所作的书画赏赐群臣，以示恩宠，笼络人心。从宫藏的慈禧作品来看，所绘大多为牡丹、松、鹤、灵芝等题材，既能彰显其至高无上的荣华富贵，又能祝祷福寿连绵，设色浓墨重彩、富丽堂皇，但是缺乏意境和生气。据说慈禧本无艺术天赋，又不肯勤学苦练，其书画多由人代笔，再钤上慈禧专用的印章，因此严格地说，这些作品只能算是"慈禧款"的书画。

为慈禧代笔的其中一名女画家缪素筠，名嘉蕙，云南昆明人，宫中尊称她为"女画师""缪先生"。作为宫廷画师，尤其是慈禧的代笔者，缪嘉蕙纵然能书善画，也不能尽情挥洒自己的艺术才情。她作画善于察言观色，作品须遵从慈禧的授意，"不得随意任性，不得驰骋放纵，不得标新立异"，但也因此得以享受"免其跪拜，赏三品服色，月俸二百金，遂为福昌殿供奉"的优厚待遇。当时的诗人陶农部曾作一首宫廷诗，描绘了缪嘉蕙的宫廷生活："八方无事畅皇情，机暇挥毫六法精。晨翰初成知得意，宫人传唤缪先生。"

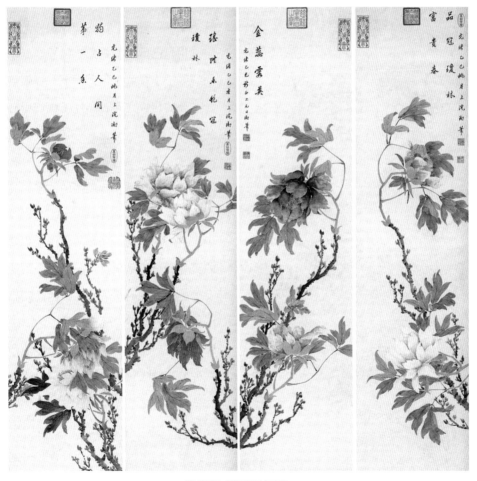

清 慈禧《花卉四条屏》

某一个春日午后，泡一杯茉莉香片，翻看这些古代女子流传下来的画作，再回头细看她们的人生经历，心中不由感慨万千。无数绝代风华和悲怆往事已随岁月流光消逝而去，花开花落、繁华落尽，只剩一地辉煌，一声叹息。综观这些作品，尽管在当时所处社会环境的种种制约下，这些女性画家大都没有形成自己独具特色的艺术风格，绘画上的建树也没能超越男性画家，但她们的作品仍然从某种程度上揭示了古代社会的女性世界和情感天地，无疑更有一种独特的意义。

清 慈禧牡丹图

"扫眉才子笔玲珑，蓑笠寻诗白雪中。絮不沾泥心已老，任他风蝶笑东风。"——这些美好娟秀的女子，用自己的一双娴熟于描眉画红妆的纤纤玉手拿起画笔，画下一幅幅流传至今的传世之作，倾注了她们所有的情怀和心思。那也许是某一种莫名的闲愁，也许是一段念念不忘的感情，也许是一种辗转反侧的惆怅，又或许不过是某一个闲暇的时光片段里，忽然而至的一种爱与忧伤。我们的目光所至，是千百年前那些美丽的女子无处诉说的感情倾注，她们倾心所托的温婉柔情，她们生活中的一次回眸，一声叹息，一次感动与喜悦，一种美和赞叹！在中国古代男权社会的重重幕帘之下，她们以"管领春风总不如"的才华，在画坛上横空出世，携一幅幅流光溢彩的画作，出现在世人的眼前。

辑二

山光水色

高山峻岭与山水空蒙，大江东去与小桥流水，

千百年来，山水画的形式变幻万千，

境界却始终不离四个字——『天人合一』。

小时候念过一首小诗，诗的名字叫《画》："远看山有色，近听水无声。春去花还在，人来鸟不惊。"细细品味这首小诗，知道它描绘的正是一幅山水画。作者通过文字的描述，把一幅本是静止的画变成了一幅美丽生动的风景卷轴——苍翠的山，流动的水，绽放的花，欢鸣的鸟，那一派鲜活的景象，将读者带入了一片清新的山水风景之中。

山水画就是中国的风景画。中国古代以农立国，对土地山川有浓厚的感情，加之魏晋南北朝时，隐士们厌烦了社会纷争，热衷于到自然山水中寻找精神寄托，他们纵情山水，吟咏歌颂，醉心于描摹山川河流，"山水画"故此成为中国画的特有画种。

中国山水画作为一个完整的绘画体系，其发展经历了一个漫长而璀璨的过程。从东晋的"人大于山，水不容泛"到唐代的"金碧山水"，从五代北宋时期的"全景山水"到南宋时期"马一角""夏半边"的广为流传，从"元际四家"飘逸出尘的"文人画"到明朝"吴门画派"的统领画坛，再到清代的循规蹈矩、陈陈相因，无不体现了中国人"天人合一"的人文精神。

东晋：人大于山，水不容泛

同西洋美术一样，中国山水画作为风景画的另一形式，其形成较之人物画略晚。绘画最初是人们为了记录人类的生产、生活、祭祀等活动而出现，所以，最

东晋 顾恺之《洛神赋图》局部

早的画作都是以人物为主角。六朝以前的画家，笔下的山水多作为人物画的背景出现。魏晋南北朝时期是中国山水画的萌芽期。在大画家顾恺之的《洛神赋图》里，山水也仅作为人物的陪衬背景，最大的特点就是其比例呈现出"人大于山"的特点，看起来明显处于雏形状态，但却有一种古拙的装饰效果，烘托出梦幻般的神话气氛，某些片段裁出来便可以作为一幅独立的山水画了。

隋唐："金碧山水"

到了隋代，中国山水画终于逐渐形成独立的风格。

展子虔的《游春图》是我国现存最古老的一幅独立的山水卷轴。这幅看似没什么章法可循的山水画，却有着一种开创性的稚拙而动人的力量。最值得一提的是，这幅画全幅染色，山体和树冠运用大量不同色度的石青、石绿，山脚染泥金色。这样的绘画用色方式，开了青绿山水画法的先河，这幅画也由此被定义为中国山水画的"开山之作"。

唐代是我国封建社会的光辉顶峰。民殷国富，政治安定，外交活跃，促进了文学艺术的全面繁荣，绘画也得以全面发展，瑰丽、豪放、雄壮、明快成为这一时期画作的普遍特征。这一时期的画家，有文献和画迹可考的近四百人，

隋 展子虔《游春图》画心

其中最杰出的山水画家便是被称为"大李将军"和"小李将军"的李思训、李昭道父子。

李思训出身唐朝宗室，曾被封为"右武卫大将军"，与其子李昭道继承了展子虔以来的传统画法并进一步加以美化，达到了一定程度的成熟，被后人尊为北派山水、"青绿山水"的始祖。"青绿山水"，先以墨笔勾勒轮廓，再以金碧青绿的浓重颜色作山水，画树多用夹叶并用泥金勾填，产生一种金碧辉映、富丽堂皇的艺术效果，也叫"金碧山水"。可以说，这样的风格，很"大唐"！

下面介绍的是李昭道的代表作《明皇幸蜀图》。所谓"明皇幸蜀"，其实是"安史之乱"时唐明皇逃至四川避难的情景。画面中，崇山峻岭，山势突兀，白云萦绕，很有"蜀道难，难于上青天"的气势。一队骑旅从山间穿出，向远山栈道行进，其中右下角骑着一匹三花黑马的红衣人便是唐明皇。

这幅画兼具历史及政治意义，因为画面呈现的便是安史之乱中唐明皇被迫出逃蜀地这一历史片段。公元756年六月，玄宗弃长安仓皇出逃，途中马嵬坡兵变缢死杨贵妃，此后南赴蜀地。画家把帝王逃亡的画面巧妙处理成貌似游春踏青的"幸蜀"场面，可谓用心良苦。苏东坡对此画细节有过一段记述："嘉陵山川，帝乘赤骠起三骏，与诸王及嫔御十数骑，出飞仙岭下。初见平陆，马皆若惊，而帝马见小桥，作徘徊不进状。"可见李昭道所画人骑虽"豆马寸人"，却刻画得须眉毕露，情态宛然。"马惊"与"徘徊"的描绘显然让人体会到画中所谓的"幸蜀"并非气宇轩昂、威加海内的天子巡狩，而只是一场丧家辞庙、内心虚惶的避乱之行。

撇开这些不谈，我们现在来看《明皇幸蜀图》的构图，仍觉不凡。作为一幅山水画，它无疑是非常成功的。画中山岭峻耸，天际中白云缭绕，给人一种仙山琼阁的遐想。当时唐代皇室推崇佛道思想，李思训的作品常常流露一种出世情调，正如董其昌所言，"李思训写海外之山"——画出了一种世外仙山的飘逸感。画中人物很小，仅作为山水的点缀，形成"景不压人，人不抢景"的构图，相比魏晋南北朝时期明显失真的"人大于山"，显然上了一个层次。

唐 李昭道《明皇幸蜀图》

北宋："全景山水"

宋代是中国绘画艺术的鼎盛时期，五代则是通向这一巅峰的重要桥梁。早在五代时期，前蜀（907—925）和南唐（937—975）就已经开始设立专门掌管绘画的机构——画院。画院由国家直接管理，画院画家以"翰林待诏"的身份享受与文官相近的待遇，并穿戴官服，领取国家发放的俸禄。这样，国家可以把全国最优秀的丹青妙手汇聚起来，凡有重大活动，便由画院高手进行描绘记载。

公元960年，宋朝建立，采取重文轻武的政策，推进文化事业发展，继续设立画院并加以扩大，成立了翰林图画院，至宋徽宗时期达到鼎盛；随后一直到南迁后高宗、孝宗时期，画院日趋完备，画院考试正式纳入科举考试之列，以揽天下画家。

当时画院画家的选拔考试颇具浪漫色彩，常常摘古人诗句为题，就像现在的高考作文题一样，不但要求画家具有较强的绘画表现能力，而且还要求画作构思巧妙，不落俗套。有一年，出的考题是"野渡无人舟自横"。为突出一个"无人"，有人画空船靠岸，有人画野鹭伫立船头，有人画乌鸦停泊船尾……中头筹的那幅画却画一摆渡人靠在船尾，身前横置一根笛子，因终日等待渡者而疲倦入睡。另一个"深山藏古寺"的题目，立意在"藏"字上，大多数画家画了山间密林露出古刹一角，而优胜者只画一个小和尚在溪边担水，画意立现。还有一个考题叫"踏花归去马蹄香"，最受赞赏的一幅画，画面上并不见花，只有一匹奔马，几只蝴蝶在马蹄后翩翩飞舞，实属点题巧妙之作。

诚然，如果只论画工笔风，难免会导致匠气过重，真正优秀的画家，还需以构思、意境取胜。想来这一段历史，对于画家们来说，必定是最明媚灿烂的。由于宋朝皇帝推崇风雅之举，画家的政治地位、艺术前途、物质生活乃至社会集体意识都有了充分的保证。在这样一个宽松愉快的理想时期，画家十分得意，艺术创作于是得以步入气象万千的美妙境界，令人千百遐想、神往无限！

北宋时期，山水画代表画家为"李（成）郭（熙）范（宽）米（芾）"。这些画家主要从自然秩序中总结绘画的技法，主张"以真为师"，手法上一改隋唐

北宋 范宽《溪山行旅图》

以来空勾无皴的单调画法，以勾、皴、点、染等不同技法，描绘风、晴、雨、雪等不同气象，呈现峦光山色的平深布局，使中国山水画第一次具有了程式法则上的复杂性与丰富性。可以说，北宋是中国山水画的成熟期。这一时期"大山堂堂"的雄伟观感，是北宋特有的全景山水空间模式的经典写照。从这一背景出发，中国山水画的"空间构成说"亦成为后人研究的重点，其中最有概括意义的是郭熙的"三远说"："山有三远，自山下而仰山巅，谓之高远；自山前而窥山后，谓之深远；自近山而望远山，渭之平远。"

被称为"百代标程"的范宽，原名中正，字仲立，华原（今陕西铜川耀州区）人。

《宣和画谱》记述他"风仪峭古，进止疏野，性嗜酒，落魄不拘世故"。因其这般狂放不羁、气度阔大的个性，人们便给他一个绰号叫"宽"（陕晋一带称落拓马虎为"宽"）。北宋刘道醇《圣朝名画评》说范宽"居山林间，常危坐终日，纵目四顾，以求其趣"——他生于关陕大地，触目所见皆是秦岭华岳之类的崇山峻岭，他深入山林之中，观察不同气候下山水的形态变化，用顶天立地的章法突出大山雄伟壮观的气势，又用碎而坚实的笔墨皴出富有质感的山石，成功刻画出关陕地区"山峦浑厚，势状雄强"的特色。

现在我们来看范宽的传世名作《溪山行旅图》，依然会感到震撼。这幅画用了纵206.5厘米、横103.3厘米的巨大画轴，站在画前，仿佛有一种大山压顶的感觉扑面而来。画面三分之二是满满的一座山峰，巨大的绝壁冲天而起，巍然挺立，右边一线瀑布飞泻直下——这悬瀑在构图上极有意义，既加深了"高远"之势，又使得坚固的山体包孕了柔和的动感，大山仿佛因此有了生命。下部则精细地刻画了高山巨石，杂树丰茂，绿荫里有一处隐约可见的寺庙；乱石中，流泉涓涓而出，水若有声，一条崎岖山路上缓缓走来一行商旅，四头载着重物的骡马艰难跋涉，似乎传来得得的蹄声，敲破了空谷静寂。

《溪山行旅图》是典型的全景山水式的"高远"构图，塑造了一座"气魄雄浑，如云长贯甲"的堂堂大山，让人感受到恢宏博大而又逼真动人的气象，把北宗的壮美之境推于极致。推崇"淡墨轻岚"的董其昌也被其强悍的艺术感染力折服，赞之为"宋画第一"。而现代画家徐悲鸿更是对此画情有独钟，推崇备至："中国所有之宝，故宫有二，吾所最倾倒者，则为范中立《溪山行旅图》，大气磅礴，沉雄高古，诚辟易万人之作。此幅既系巨帧，而一山头，几占全幅面积三分之二，章法突兀，使人咋舌！"

南宋："小景山水"

水墨山水发展到南宋，又有明显的变化。宋朝皇室南迁不久，又复兴了画院。然而北宋的汴梁（河南开封）和南宋的临安（浙江杭州）不但人情世故、风俗习惯不同，气温湿度、山川形势都相差甚远。这一地理环境的巨大变化对山水画家的绘画取向影响至深。江南山峦平缓连绵，苍茫水天一色，草木泽生，山灵水秀，孕育着另一种山水韵味。自然而然地，北宋时期对崇山峻岭那种"神惊目眩"的威压之感的描绘转变为南宋时期对山灵水秀极致诗意的呈现。从此，中国山水画的天人合一之境，由大山堂堂而至野水孤舟，笔墨由崇高而至优雅，由浩大而至精微，画中体现的诗意精致之美，成了美学的最高追求。

被称为南宋院体四大家的"李（唐）刘（松年）马（远）夏（圭）"，在山水画坛上创造出"水墨苍劲"的新风格。尤其在画面布局上，他们打破了北宋"全景山水"的格局，创造出边角取景法，使用大片留白，使山水画产生新的意境。最有图形革命意识的马远与夏圭，尤其注意空白补意，人称"马一角""夏半边"。这种构图方式被后世一些评论家认为暗寓了南宋偏安的半壁江山，所谓"恐将长物触君怀，恰宜剩水残山也"。但是，也有人认为，马夏二人的边角之景是艺术上的高度提炼，完全是美学层面的。当其时，北宋画家已把全景山水发展到登峰造极，南宋画家要有所创造，就不得不另辟蹊径，由"远观其势"的全景风光转向"近观其质"的边角之景。应该说，自马、夏之后，中国画的留白、虚空等空间意识，对后世影响很大，开创了中国山水画的诗意意境。

马远，字遥父，号钦山，出生于钱塘（今浙江杭州）。史料记载其为南宋时期光宗、宁宗画院待诏。他出身绘画世家，一门五代七人均曾供职画院，尤以马远最为著名，有"独步画院"的美誉。马远所作山水画独辟蹊径，宋宁宗和皇后杨妹子都很喜欢马远的画，经常在其画上题字跋诗，有时还将其画作作为珍品赏赐给朝中的大臣。

《踏歌图》是马远的代表作，在描绘江南山水的同时，表现了一个民间风俗场面——"踏歌"。所谓的"踏歌"，指的是一边歌唱一边用脚踏地打拍子，有点像现在的摇滚，高兴了大家就聚起来吼几句、扭几下。每年农闲季节，但凡有风调雨顺、五谷丰登之兆，农民们就欢聚一堂歌舞庆祝。反映南宋都城临安城市风貌的《武林旧事》卷二"元夕"一节中有"人影渐衡益露冷，踏歌声度晓云边"句，可见当时踏歌这一风俗之盛行。

这幅作品构图很有特色，它被作者分为上下两个部分，中间以云气相隔，虚实相映。上半段采用纵向的构图方式，嶙峋的山峰拔地而起，雾霭树影中掩映着亭台楼阁，给人一种"世外仙境"的梦幻感；下半段则横向描绘了一幅普普通通的生活场景，近景中是一片田垄、溪泉，四个老农带着醉意，手舞足蹈一路走来，前方两个孩童回头看着几个醉翁，掩口而笑。山水笔墨间，竟让人仿佛听到了潺潺的流水声，儿童的欢笑声，和老翁遗落在山间氤氲开去的踏歌之声，让人由衷地感受到一种自由畅快的惬意。

这是一首表现民间喜乐的风俗赞歌，也是一幅绝美的山水画作。作品中

南宋 马远《踏歌图》

没有了北宋山水画那种迫人心肺的压倒气势，烟云缭绕的几处瘦削的远峰，宛如一盆水石盆景，灵动轻盈，气质清新。

另一幅《山水图》则充分展示出马远以极简的笔法表现空间的丰富表现力：图中有大片的留白，寥寥几笔便绘出朦胧远山，不着一笔便可见天空辽阔、江水茫茫，正是马远的风格之作。明代曹昭所著《格古要论》中概括了马远的画作特点："全境不多，其小幅或峭峰直上而不见其顶，或绝壁而下而不见其脚，或近山参天而远山则低，或孤舟泛月而一人独坐，此边角之景也。"

人称"夏半边"的夏圭，字禹玉，浙江杭州人，曾任画院待诏。其创作的

南宋 马远《山水图》　　　　　　　　南宋 夏圭《松下观瀑图》

《松下观瀑图》便是南宋典型的边角之作、小景山水。

在古代，人类的基础设施还很简陋，势力范围也很小，面对那浩淼无边的大自然，常常感到人的渺小。南宋的人们，面对家国覆灭，开始安静下来面对这种无力感。这种无力感，便是一种虚空，表现在绘画上，就是马远和夏圭等画家们的作品中出现的大量留白，它使得画面的空间变得更加空旷辽远，神秘幽静。这种虚空感，赋予画作另一种力量，另一种美。

元代：题跋盛行

蒙古以铁骑扫荡的战术，于1279年灭了南宋，废止了五代两宋的画院制度，使中国山水画的演变陡然走向另一个方向。这和蒙古人的统治思想有着密切的关系。蒙古人是"马上"得来的天下，要用"马上"的思想治天下，而画院显然毫无用处，于是不再设置。这么一来，画院中的职业画家退出了画坛，需要另一种人来填补这项空缺。这时，元代统治者取消了科举考试，实行"人分四等"，把南人列为第四等低贱之人，致使南宋以来大批文人学士出世无路，只能退避山野，觞咏林泉，作诗作画成了文人消磨时间、忘记痛苦的良方，"凡文人学士，无论仕与非仕，无不欲借笔墨以自鸣清高"。于是，元代山水画界出现一种新现象，那就是文人画家的强势加入——这样一来，山水画中的文学气息重了，书法气味重了，笔墨趣味也重了。文人的绘画技巧没有画院中的职业画家那么精致细腻，但是他们学问高、文学气息重，绘画有感而发，创作富有个性。此外他们又多半是书家，常以书法入画，所谓"画艺不够、书法来凑"；再加上当时的文人互相标榜，故而又形成了元代山水画另一种特殊现象——题跋泛滥。其中题跋最多的一幅作品当数故宫博物院所藏李遵道的《江乡秋晚卷》，竟有二十八处之多。

在绘画材料上，元代画家作画从用绢转为用纸。宣纸在元代的广泛应用，对于中国画笔墨技术的拓展，具有划时代的历史意义。这种变化有着深层的社会原因。宋朝时物阜民丰，宫中有用不完的丝绢供大批画家去创作画卷。到了元代，这种昂贵的丝绢材料是宫中万万负担不起的，况且有钱也没地方去买。据记载，元初时江南一地大片桑树林被毁，丝绸业发展停滞，丝绢奇缺。

绘画材料的改变对画法的改变是决定性的。从前宋画多用熟绢作画本，利于勾、皴、渲染，痕迹较实；而宣纸则利于干笔皴、擦，痕迹较毛，画家只能在生宣的纸上用干笔点点、湿笔草草地快速画完，不能"写实"，也就只能"写意"了。就这样，一入元，绘画从丝绢材料上的"写实"法变成了生宣上的"写意"法。为弥补诗意的不足，文人用熟练的书法写上"诗"，于是宋代的画中"有"诗到了元代直接变成了画中"写"诗，于是文人画就这样诞生了！如此一来，元代山水画不再像宋人那么讲求真山真水，却注重"有笔有墨"，我们所称的"宋人丘壑""元人笔墨"正是指此。这种风气一经形成，便一直统治着明清二朝的正统，开创了一派新画风，其影响可谓深远。

说到元代的大画家，人们首先想到的自然是赵孟頫。赵孟頫（1254—1322），字子昂，号松雪，浙江吴兴（今湖州）人。赵孟頫博学多才，能诗善文，懂经济，工书法，精绘艺，擅金石，通律吕，解鉴赏，尤以书法和绘画成就最高。在绘画上，他开创了元代新画风，被称为"元人冠冕"；在书法上，他创"赵体"书，与欧阳询、颜真卿、柳公权并称"楷书四大家"。

历史上的赵孟頫，度过了矛盾复杂、荣华而尴尬的一生。他是宋太祖赵匡胤十一世孙，却选择了出仕元朝而官至一品，招致各种非议。但是，我们今天再回

元 赵孟頫《鹊华秋色图》画心

头看这件事，就知道这是个正确的选择，他最终因此成为元代书画集大成者，远接唐宋，下启明清。他的书画作品流传海内外，他的名字不仅在中国文化史上占有光辉的地位，还被国际天文学会用来命名水星环形山。

1295年，时年四十二岁的赵孟頫自京城辞官回到家乡吴兴，与好友相聚，饮酒作诗。席间，大家谈笑风生。曾在山东济南任职的赵孟頫盛赞济南山川之美，而祖籍济南的文学家周密从未回过故乡，因而怀念故土，自号"华不注山人"，此时勾起乡思，不禁神伤。赵孟頫被周密深厚的故乡情结所打动，于是挥毫泼墨，画下《鹊华秋色图》赠送友人。

这幅画描绘的是济南东北华不注山和鹊山一带的秋景。左边是鹊山，半圆形，右边是华不注山，尖三角形，一圆一尖，遥遥相对，在刚柔对比中更显出华不注山的险峻奇突。中、近景是一片河渠、平原、沼地，秋林红树，山居村舍，水边是芦苇水草，洲渚渔舟。在这水乡山色之中，几个渔民在劳作，还有几只散

放着的牛儿，画面洋溢着一片田园牧歌般的恬静气氛。这幅画初步确立了元代山水画坛清远自然的整体风格和蕴藉典雅的审美格调，也为后世的中国山水画奠定了基础。

"赵氏一门"可谓书香门第，三代人出了七个大书画家，除了赵孟頫，其外孙王蒙（1301—1385）也是一位著名画家，与黄公望、倪瓒、吴镇一起号称"元四家"。

王蒙从小承继家学，董其昌曾在他的作品中题词："王侯笔力能扛鼎，五百年来无此君。"对其赞誉很高。

《青卞隐居图》是王蒙的代表作，被董其昌称为"天下第一"。就其画作本身而言，可谓集传统山水画的皴法与墨法之大全于一身。画中描绘的是江苏吴兴的青卞山。第一眼看过去，这幅画给人的感觉就是"密"。山上重峦叠嶂，道路曲折盘桓，山间林木茂密，郁郁苍苍，山坳深处茅庐数间，溪流回环，隐士行居

其间。然而，虽是密密麻麻的布局，却密而不塞，繁而不乱，丝毫不会让人感觉到压迫感，反而有一种深远清幽的感觉。

从绘画技法上看，这幅画先以淡墨勾皴后施浓墨，先用湿笔后用焦墨，创造出一种线繁点密、苍茫深厚的新风格。据说懂行的人能在这幅画上看到过往所有山水名家如董源、巨然、范宽、李成、郭熙等的代表性皴法，但是王蒙以其出众的技巧将这些皴法糅合在一起，丰富了画面的表现力。所以说，如果想学习中国山水画史上的皴法和墨法，此画是最好的范本。

与王蒙风格恰好相反的是"元四家"中的另一位——倪瓒。倪瓒（1301—1374），字元镇，别号"云林子"，简称"云林"。与偏好繁笔重皴的王蒙不同，倪瓒独步天下的画风只有两个字：简、净。他的作品在整个山水画史上独树一帜，画面基本是"一河两岸"的程式——远景画一两脉山坡，近景画几株树木，中间大片留白，便是水，树下偶画一草亭，画中甚至连个人物也没有。曾有人问他为何不画人迹，他回答说："当今哪有什么人物呢？"在他眼里，"天地

元 王蒙《青卞隐居图》画心

间不见一个英雄，不见一个豪杰"。

其代表作《紫芝山房图》《容膝斋图》都遵循了同样的程式。简简单单的构图，干干净净的画面，给人以极度静谧、枯淡、萧索、空旷、荒寒、清逸之感。

如此画风，自然与倪瓒的人生经历息息相关。他的祖上是富甲一方的大地主，长兄是当时道教的上层人物。在元代，道教的上层人物地位很高，既无劳役租税之苦，又无官场倾轧之累，反而有额外的生财之道。倪瓒从小得长兄抚养，

元 倪瓒《紫芝山房图》

元 倪瓒《容膝斋图》

生活舒适，无忧无虑，家中有一座三层的藏书楼"清闷阁"，他每日在楼上研读典籍，写诗作画。他曾自述这一段经历："励志务为学，守义思居贞。闭户读书史，出门求友生。放笔作词赋，觉时多论评。白眼视俗物，清言屈时英。富贵乌足道，所思垂令名。……"在这样的环境中长大，养成了他不同寻常的人生态度，清高孤傲，洁身自好，不问政治。然而，不久后长兄去世，原本依靠长兄享受的特权随之消失殆尽，官吏勒索、人事应酬接踵而至，加上治理不善，倪瓒家中生计日渐窘迫。最后，一生不愿与俗世打交道的倪瓒在五十一岁那年，"鬻田产"、散家财，开始浪迹江湖，在居无定所的漂泊中度过了生命中的最后二十年时光。

倪瓒最为传奇的是他的洁癖，其"丧心病狂"的事迹，六百多年来被人们用段子不停地传播。传说中，倪瓒每天沐浴要换水十几次，文房四宝由专人负责随时擦洗，厕所有时时更换的木格子和鹅毛；庭院里的梧桐树早晚刷洗，以至于把梧桐树洗死了；留宿的客人夜里咳嗽，他辗转反侧夜不能寐，次日一早就命人仔细寻觅痰迹；还有他喝水只喝挑水仆人前面的那桶水（后面的那桶水怕染上异味）……

个性独特的倪瓒，像极了历史上桀骜不驯、特立独行的魏晋名士，因而在士大夫的心目中声誉极高。甚至到了明代，江南人以有无收藏他的画而分雅俗，何良俊云："云林书师大令，无一点尘土。"而今，倪瓒被评为"中国古代十大画家"之一，英国大不列颠百科全书还将他列为世界文化名人之一。

明代：百家争鸣

明代是中国书画艺术史上的一个重要阶段。随着社会经济的逐渐稳定，文化艺术也得以迅速发展。明代的山水画十分发达，画人无数、画派林立，仅《明画录》记载的山水画家就有四百多人，他们有如灿烂群星，辉耀于中国画坛。以戴进为代表的浙派，以沈周、文徵明为首的吴门画派，以张宏为首的吴派后期，徐渭的青藤派，项圣谟的嘉兴派，曾京的波臣派，董其昌、赵左等人的松江派、华亭派、苏松派，蓝瑛则另称武林派，等等，流派纷繁，各成体系。在理论上，董其昌极有建树，提出影响深远的"南北宋"学说。因此，无论从笔墨技巧还是从艺术理论的角度来说，明代都是中国山水画的鼎盛时期。

明代山水画之盛，林林总总，不拘一格，各门各派各有其出类拔萃的代表。其中"浙派"开山鼻祖戴进（1388—1462），字文进，号静庵，钱塘（浙江杭州）人。他最初是一名金银器工匠，后改学绘画，宣德年间被推荐进入宫廷画院，官直仁殿待诏。后戴进超群出众的才艺引起了画院其他名家的妒忌与排挤，有人在皇帝面前进谗言说戴进《秋江独钓图》中的渔翁不该穿红袍（因红袍为朝廷的品服），皇帝不悦，将戴进放归故里。从此，他在杭州以卖画为生，终至穷途落魄而死。

明朝统治者不喜欢元代的山水画，所以南宋院体画便成为风尚，戴进是继承南宋院体画并加以发展的中心人物。他的山水画主要吸收南宋马远、夏圭的风格，也吸取北宋李唐、范宽、董源之长，水墨淋漓酣畅。他去世后，其作品被当作经典艺术品风靡一时，形成独具特色的"浙派"，同代画家何良俊更在《四友斋画论》中以"我朝善画者甚多，若行家当以戴文进为第一"来高度评价戴进的画技。

《关山行旅图》是戴进仿宋院体的典型代表作。山脚下，几株劲松屈曲盘桓，一行行旅队伍风尘仆仆走来。远处山峰叠翠，近浓远淡，使作品层次更丰富。

"行旅图"这一主题为宋人偏爱的题材，戴进的这幅作品在边角取景的构图上颇具马远、夏圭遗风，但是它有个特别的地方，就是展现了几处真实生动的生活场景：近处板桥上三驴踯躅而行，两名旅者紧跟其后；远景山道上又有一行旅队，这艰辛的行旅路途似乎前后呼应；中景村落，我们可以看到几间茅屋，其间穿梭着许多小巧而生动的人物，有的席地而坐，有的在做买卖，有的在吃饭，还有儿童在嬉戏，更有一只小狗在村中穿行。相比于宋画，明人的山水画显得更真实，更有生活气息，更接地气，综合了宋人山水画和风俗画的优点。

明中期以后，对中国画坛影响最深远的就是吴门画派。随着明中期工商业的发展，作为纺织业中心的苏州逐渐成为江南富庶的大都市。经济的发达促进了文化的繁荣，一时间文人荟萃，名家辈出，很多文人名士经常雅集宴饮，诗文唱和，以画自娱，相互推重。他们继承和发展了崇尚笔墨意趣和"士气""逸格"的元人绘画传统，其中以沈周、文徵明、唐寅、仇英最负盛名，画史称之为"吴门四家"，他

明 戴进《关山行旅图》

们开创的画派，被称为"吴门画派"或"吴派"。

沈周（1427—1509），字（启）南，号石田，苏州人，是"吴门画派"的创始人。传说沈家是元末明初巨商沈万三的后人，世代隐居，家学深厚，沈周的父亲、伯父都以诗文书画闻名乡里。沈周一生居家读书，吟诗作画，优游林泉，追求精神上的自由，未应科举，始终从事书画创作。他宁静致远，从不恃才傲物。他交游甚广，德高望重，平时待人平和。因为名声大，每天求画者"屡满户外"，无论高官富商还是贩夫走卒，他都来者不拒；画画筹募善款，题名凑钱给人治病，乐此不疲。甚至有人作他的赝品，求为题款，他也欣然应允。沈周出色的诗画才华，特别是谦和敦厚的人格魅力为他赢得了画坛的普遍敬重，他的周围聚集影响了文徵明、唐寅等一大批文人画家，其绘画风格在有明一代以及后世都拥有大批追随者。

在长久的绘画生涯中，沈周的画风也呈现出各种不同的风格特征，因此有"细沈""粗沈"之分。他所作山水画，只有少数描写高山大川，大多数作品则是描写南方山水及园林景物，表现了当时文人生活的幽闲意趣。沈周喜欢交游，但是游历不广，主要活动范围在江苏、浙江一带，并据此创作了很多访胜纪游的佳作，描绘出江南地区山明水秀、草木葱茏的绮丽风光。他曾自述："余生育吴会六十年矣，足迹自局，未能裹粮仗剑，以极天下山水之奇观以自广。时时棹酒船放游西山，寻诗采药，留恋弥日，少厌平生好游未足之心。归而追寻其迹，辄放笔想像一林一溪、一峦一坞，留几格间自玩。"他根据出游的经历进行创作，使得作品颇具现实感。

沈周的名作《两江名胜图册》是描绘长江、淮河两岸名胜风景的册页，共十幅，每幅对页都有自题七绝一首。图册中有名山大川，庙宇隐约，亭榭穿插，孤舟扬帆，质朴天真，颇具生活气息。图中文士或放舟湖中，或相伴出游，或登高寻幽，这小小的点景人物，恰如其分地表现出明代文人所追求的闲、静、文、雅、幽、逸之意境。沈周采用他特有的文人的朴素描写方法，描绘了吴中风光，将江南地区风景的清雅之气展现得淋漓尽致。

明 沈周《两江名胜图册》局部

清代：师古守旧

清代是我国封建社会的衰败没落时期，流传千年的山水画此时已达于极致，再无突破之力，由此步入了一个集成后的守成期。在表象上，清代山水画坛众彩纷呈，四王、四僧、新安画派、金陵画派、虞山画派、娄东画派、扬州画派、京江画派、海上画派等，犹如八仙过海，各显其长，以不同的风格丰富了清代山水画坛。总体而言，清代画坛主要分为两大阵营：一是以"四王"为首的正统派画家群体，强调传统和临古，发展了笔墨形式的画面结构表现力；二是以"四僧"为代表的个性派，通过批判性地继承传统而发展传统，抒发个性。

其中，"四王"（王时敏、王鉴、王原祁、王翚）受董其昌画理的影响，多临摹前人之风，号称"以元人笔墨，运宋人丘壑，而泽以唐人气韵"，迎合了清朝统治者的政治文化追求，左右了后世画坛的百年格局。纵观"四王"山水画，满眼都是"临××""摹××""仿××"等题目，现代人讲究创新立意，彼时临摹却是高格调的表现。不过，一贯临摹他人，自己的特色和个性就难以展现，所以也有人批评"四王"山水有唐有宋有元，就是没有自己。

"四王"之中以王翚的成就最大。王翚（1632—1717），字石谷，号剑门樵客、清晖老人等，江苏常熟人，被称为"清初画圣"。他在发展南宗画派的基础上，借鉴北宗的某些技法，熔南北画法为一炉，广采博揽，集唐宋以来诸家之大成，形成具有综合概括性质的法则。所以有人说他是清朝画家的集大成者，时人誉之为"海内第一"。

王翚的代表作《秋树昏鸦图》，描绘的是深秋黄昏山林中的优美景象。近处坡石杂树、小桥流水和临水而建的水阁，完全是历代山水画的标配。远处有一片平缓山峦，中景为水泽浅汀，水天一色，天空中飞过一群乌鸦，伴随着淙淙的流水声远去。从画中的山石皴法、林木笔墨都能看出王翚深厚的传统功底，他模仿了几位前人不同的手法并将其和谐自然地融为一体，但真正让作品取胜的却是其中的意境。画中描绘了一片寒秋日暮、林木凋零的惨淡景色，然而那水阁中的文人、桥上的童子、空中的乌鸦，却为画面的空旷清寂注入了一片生机。画上题了

小阁临溪晚更嘉 谁簪秋树

集昏鸦何待耳情两鬓犹相

对寒灯细和茶

清 王翚《秋树昏鸦图》

清 石涛《搜尽奇峰打草稿》图卷

一首诗："小阁临溪晚更嘉，绕檐秋树集昏鸦，何时再借西窗榻，相对寒灯细品茶。"这种充满诗意的文人意境，现在看来，仍然拥有动人心扉的魅力。

清代另一派走个性路线的，则是"四僧"中的传奇人物——石涛。石涛（1642—约1718），俗姓朱，名若极，广西全州人。和朱耷一样，他也是明朝皇室后裔，明亡后削发为僧，法名原济，字石涛，号大涤子。在当时崇尚摹古的风气里，石涛的画无疑吹响了一阵标新立异、自我创新的号角。

《搜尽奇峰打草稿图》——这可以说是石涛传世作品中最著名的一幅画。现在我们来看这幅画，依然觉得很震撼，画面很有现代感，在现代水墨山水画中都能看到它的影子，可想而知这幅画在当时人们的眼中是何其特立独行的存在。画中笔墨纵横飞舞，气势磅礴，画出了石壁险峰、奇峦怪石、古木飞瀑，尤其夺目的是满山上下点满苔点，浓点、枯点，满纸皆是点子世界，"一开卷如宝剑出匣"，"令观者为之心惊魄动"，使时人大开眼界。

但是，这幅画的有名之处却不仅仅在于画本身，而是写在卷首的这句话——"搜尽奇峰打草稿"。在中国，几乎所有画家，乃至学习画山水画的爱好者都知道石涛和尚的这句话，它代表了一种思想、一种理念、一种艺术态度。"搜尽奇峰打草稿"的提出，一反当时的仿古之风，主张绘画艺术创作应该向大自然索取灵感，而不仅仅是临摹或模仿古人。石涛自小成长于桂北地区，那里独特的喀斯特地貌的山山水水，给予他取之不尽的创作源泉。他在著名画论《画语录》中，强调"一画之法，乃自我立"，"借古以开今"，"我用我法"，在当时崇尚古

法的画坛风气中无异于标新立异，对此后中国山水画的发展产生了极为深远的影响，中国山水画也得以进入下一个层面的崭新发展阶段。

山水画是我国历史上最华美、最有成就的画种，将曾经的高楼广厦、雕梁画栋、车马人喧都定格在画卷上。随着岁月流光，斗转星移，那些如梦如幻的画面慢慢呈现出被时光之水涸开的雅淡与宁静，一转身，便开始新的轮回。

宇宙之大，渺如烟海，岁月流逝，时代变迁，人在山水面前，求索的却是人与自然生生不息、交糅融合的发展规律。高山峻岭与山水空蒙，大江东去与小桥流水，千百年来，山水画的形式变幻万千，境界却始终不离四个字——"天人合一"——这，便是中国山水画亘古不变的主题。

结庐在人境

—— 诗意栖居

多年前，和朋友一起夜游西湖。带了两瓶绍兴黄酒"太雕"，俩人在白堤上找了一处席地而坐，对着不远处的桨声灯影，一边喝酒一边神聊。夜里的白堤，少了熙熙攘攘的游人，多了几分清静雅致的气息。微风拂过，湖面上氤氲的水汽带走白天积淀的暑气，清凉如许。湖水轻轻拍打堤岸的声音一层层推过来，细细碎碎又富含韵律。湖面上偶尔划过一只小船，对面北山路上的灯红酒绿，远远望去如同繁华落尽天上人间，这样的环境里，人不知不觉已是半醉。

乘着酒意在白堤上闲闲地走着，一拐弯就到了一处庭院。这是修建在西湖边上的一处水阁凉庭。院子里点缀着湖石假山，几树花木，水阁伸向湖中，围起一圈石栏。手扶栏杆，举目望去，水面开阔，皓月当空，湖天一碧，水月相溶。月光之下，清风徐来，水何澹澹，不知今夕何夕。我不由欢声叫好："你看，这里像不像刘松年的《四景山水图》？"朋友打开手机百度一看，《四景山水图》中《夏景》所绘画的正是一处临湖的水榭楼阁，我们站着的地方是"西湖十景"里的"平湖秋月"，历史上确实认为两者有相似之处。

1

宋代文人尽得时代之幸，朝廷推行"崇文抑武""士大夫治天下"的政治制度，使得他们有极高的社会地位和生活待遇。他们不像魏晋文人须依附强权且朝不保夕，也不似唐末五代文人过着颠沛流离的生活，更不像明清文人那般动辄遭遇文字狱、血光之灾；他们在实现人生理想与政治抱负的同时，还能满足灵魂的追求，享受丰富醇美的人生乐趣。他们修筑园林，坐看庭前花开花落，笑望天空云卷云舒，一心守护和经营心灵深处的精神家园。他们在悠游的人生岁月里，沉檀焚香，栖霞品茗，落花听雨，踏雪赏梅，衔花候月，清月酌酒，濛雨莳花，逐水寻幽，闲风抚琴，是为九大雅事，这使得宋代文人显示出高雅的气质，而不至沦为恶俗的官僚。刘松年把这一年四季中文人雅士们闲逸高雅的生活画进了画里，这便是《四景山水图》。

刘松年曾做过南宋时的三朝宫廷画家，因家住杭州清波门，故号"刘清波"，清波门又有一名为"暗门"，所以又有俗称"暗门刘"。他常画西湖，茂林修竹，山明水秀，因题材多为园林小景，人称"小景山水"。明代书画藏家张丑曾写诗赞美他："西湖风景松年写，秀色于今尚可餐；不似浣花图醉叟，数峰眉黛落齐纨。"后人把他与李唐、马远、夏圭合称为"南宋四大家"。

彼时的杭州，因为宋皇朝的偏安一隅，叫作"临安"。宋室南迁，中原地区一千多年沉淀下来的清正醇厚的文化与江南水乡清雅明秀的山水相逢一笑，莫逆于心，从此描画出中国绘画史上最美的一页——那便是山水画与古诗词水乳交融的糅合。五代宋初的荆浩、关仝、董源、巨然、李成、范宽，完善了中国山水画

南宋 刘松年《四景山水图》之《夏景》

南宋 夏圭《雪堂客话图》

的艺术表现，被称为"百代标程"；南宋时期又将其推向了一个更高的层次，传统中国山水画经此转向对精神和意境的关注，实现了技术层面上的诗情画意。

夏圭的这一幅《雪堂客话图》，画中一片白雪皑皑，远景露出远山一角，左下方几株老树，前后掩映。一座亭台掩映于杂树丛中，轩窗洞开，清气袭来。屋内两人正在对坐弈棋，虽只对其圈脸、勾衣，寥寥数笔，却将人物对弈时凝神注目的神态生动刻画出来。右下角一叶小舟漂于湖面之上，左上角则留出一片天空，遥遥望去，一片空际，把人引入一种深远渺茫、意蕴悠长的境界。

画中的雪堂，大概是苏轼贬谪黄州（今湖北黄冈）时修盖的"雪堂"。苏轼是那样豁达爽朗的一个人，即便屡遭贬谪处境艰难，也能泰然处之安之若素。他四十五岁时因"乌台诗案"被谪至黄州，初至黄州生活困窘，差点养不活一家几口，于是在友人的帮助下将一处废弃的兵营开垦出来，并取名为"东坡"，自号"东坡居士"——至此，"苏东坡"诞生了。他还在"东坡"旁搭建了五间草棚。时值冬天，大雪纷飞，他在草棚里画满了雪景，并将其名为"雪堂"。在这间简陋破落的雪堂里，他写出了"天下第三行书"——《寒食帖》："春江欲入户，雨势来不已。小屋如渔舟，蒙蒙水云里。空庖煮寒菜，破灶烧湿苇。……"生活困顿如此，苏东坡依然保持积极向上的心态，两年后重返朝廷，又登上了人生另一个高峰。这幅画里的江南雪景一片宁静清雅，寒气袭人却毫无窘迫悲凉之感，想来当年苏东坡就是在这样的环境中与来访的诗友文人一起对弈、清谈、观林、听风的吧。

这画面又让人想起白居易的《问刘十九》："绿蚁新醅酒，红泥小火炉。晚来天欲雪，能饮一杯无？"这幅画也许便是此诗的后续，朋友接受邀约而来，在这样冷冷的雪天里，守在暖暖的小屋里，温一壶酒，烧几样小菜，举杯对饮，剪烛夜话。"一壶浊酒喜相逢，古今多少事，都付笑谈中。"这大概是诗人与访友最美好的相逢。

2

到了元代，战乱频繁，汉人被列入四等之末，宋朝养尊处优的知识分子陡然跌入社会的最底层。从古到今，中国文人都把"归隐山林""息游田园"视为人生的至高境界，这种追求在盛世繁华之时是一种精神寄托，到了乱世却是一种为现实所迫而不得已的选择。比如魏晋时期出现了著名的竹林七贤、陶渊明等一批隐士；到了元代，在蒙古部落的异族统治下，蒙汉易祚、物是人非、入仕无门，大批汉族文人选择退隐山林。这一时期的"归隐"使得文人们对于山水有了难以解开的情结，他们游历于名山大川之间，徜徉于密林泉石之中，忘乎凡尘险恶于心胸之外。越来越多的文人参与作画，绘画不再是文人们无所事事"游于艺"的生活消遣，而成为他们寄托志向、发泄感情的一种重要方式。与此同时，文人们

也无可避免地把他们的修养、学识、志趣和理想融入山水画中，使得画作具有了更深厚的内涵和气蕴。

王蒙所作《春山读书图》中的书屋十分气派。在一山麓间，只见松林密茂，境界幽深，一间简陋的茅屋中有一士人在读书。右边的山下水边又有一凉亭，几位高士正在观赏山水。画中的茅屋背靠青山，头盖松荫，傍于青溪之上，这种幽静自然的环境简直就是古代文人们梦寐以求的隐居之地。而从画中"黄鹤峰下樵叟王子蒙画诗书"题款得知，这大概正是作者隐居黄鹤山的真实写照。

在元代，政治上的动荡不安，道教思想的浸润，加上"穷则独善其身"的理想追求，使得文人选择了隐遁山泽、远离尘嚣的隐逸生活。但是，他们又始终摆脱不了积极入世的儒家思想，

元 王蒙《春山读书图》

隐居山林，沉浸于写书作画，终老此生，貌似逍遥，实际上是一种无奈。画家王蒙就是这样，他始终纠结于出尘入世的矛盾思想中，一生半隐半仕，最后卷入明初"胡惟庸造反案"冤死狱中。从他的画里可以看出，他隐居的读书场所，深藏于层层叠叠的崇山峻岭中，掩映于郁郁葱葱的松林茂树间；然而在那幽深隐逸的居所里，始终要画上仆妇行人、亭台水榭，来掩饰他内心深处的失落与无奈。他隐居于山林之中，却始终无法得到心理上的宁静和从容。这是一个时代的悲哀。

3

明代初期，百废待兴，加之朱元璋的严苛制度，使得这一阶段的城市园林只是处于缓慢的发展中。到了明中后期，江南沿海城市的手工业和商业迅速发展，随之城市规模扩大，市民阶层扩张，民居建造日益兴盛，无论是建筑规格、式样还是房屋装饰，都开始讲究起来，造园之风终于得以复苏，甚至于如雨后春笋一般迅猛生发。当时的官僚富豪、文人士夫，或葺旧园，或筑新构，扬州、南京、苏州、杭州等江南城市，皆兴起了一股兴建园林之风。明人何乔远在《名山藏·货殖记》中记载了这一盛况："（隆万以前）人家房舍，富者不过工字八间，或窖圈四周，十室而已；今重堂窈寝，回廊层台，园亭池塘，金辉碧相不可名状矣。"加之明代中后期政治颓势凸显，党争不断，官员的个人命运与政治前途变得风云莫测，使江南文人深感畏惧与彷徨，从而选择远离官场。他们醉心于园林、书斋，沉迷于古书、古玩，其实是想躲避尘世喧嚣和政治旋涡，实现精神上的退隐，并试图以精神世界的极致快感，缓解现实中感受到的深切痛楚。

这个时期，园林、书斋和茶寮成为文人们逃离现实兼"大隐于市"的理想家园。陈继儒曾这样描述："净几明窗，一轴画，一囊琴，一只鹤，一瓯茶，一炉香，一部法帖；小园幽径，几丛花，几群鸟，几区亭，几拳石，几池水，几片闲云。"在这样的书斋中，和知心好友在一起"读义理书，学法帖字，澄心静坐，益友清谈，小酌半醺，浇花种竹，听琴玩鹤，焚香煎茶，登城观山，寓意弈棋"，确为人生莫大的快事。

文徵明创作的《真赏斋图》卷为我们真实再现了这一场景。

《真赏斋图》卷现存两件，这一幅藏于上海博物馆的《真赏斋图》卷为嘉靖

明 文徵明《真赏斋图》

二十八年（1549）文徵明八十岁时所创作。画卷中，正房中主客两人隔案对坐，
似乎在评赏着案上的画卷，一名童子恭敬侍立一旁。右边的茶寮中，两名童子忙
着围炉煮茶。

　　真赏斋的建筑环境是当时流行的缩小版山水，屋前古松高梧，屋后修竹林
立，几处太湖石环绕，营造出一片幽静秀美的天地。正房里的书桌上陈列着一些
古卷书籍以及鼎彝等青铜礼器，以供品赏。文人们在书斋之内对喜爱的器物进
行鉴赏和雅玩，追慕古风，寄托隐逸之意，也体现了明代文人崇雅反俗的精神
追求。

　　真赏斋的主人是明代著名的书画收藏鉴赏家华夏（字中甫），他收藏金石
书画凡四十余年，鉴赏水平很高，时称"江东巨眼"。在无锡隐居时，他在太湖
边修建了别墅——真赏斋，"真赏"二字便取自米芾之"平生真赏印"。真赏斋
在当时是一个非常重要的古玩收藏场所，喜爱古玩的文人富商时常到此互相交流
切磋。有一次，华夏得到一幅王羲之的《袁生帖》真迹，立即找来文徵明一同欣
赏，这大概便是《真赏斋图》的创作背景。文徵明在《真赏斋铭》中写道："余
雅同所好，岁辄过之。室庐靓深，庋阁精好。宴谈之余，焚香设茗，手发所藏，
玉轴锦幖，烂然溢目，卷舒品骘，喜见眉睫。"作为赏鉴家的文徵明与作为收藏
家的华夏，两者的关系是互补的：文徵明通过与收藏家华夏的往来，能够接触到

不易见到的古代作品，从而增进自己的画技；收藏家华夏则借助文徵明的题跋，使自己收藏品的价值大增。

4

明清时期，资本主义工商业的发展，使文人所固有的清高、隐逸的思想逐渐淡化，但文人的庄园理想始终未有减淡。他们既追求精神上的高洁出尘，又不愿舍弃丰富的世俗享受；既依赖城市发达的经济，又奢求在嘈杂喧嚣的闹市中领略清幽之境。在大兴园林的奢靡市风下，文人终于给自己的安于市井找到了托词。王世贞说："市居之迹于喧也，山居之迹于寂也，惟园居在季孟间耳。"人造园能将真山真水浓缩在闹市中的一个小角落，让人能"隐于市"，从而实现物质生活和精神追求的完美结合，于是明清文人中掀起了一股狂热的造园之风。如果说《红楼梦》中关于建造大观园的描写可以视为达官贵人造园的高配版文字资料，沈周的《东庄图册》则为我们留下了文人造园的真实版图片写真。

东庄是吴宽家的私家庄园，在苏州葑门内，占地逾六十亩，规模宏大，风景优美，也是当时文人士大夫经常聚会、吟诗作对、喝酒品茗的地方。吴宽官至礼部尚书，是沈周的老师和挚友，二人多有诗文唱和。沈周精心选取东庄中24处绝佳景致绘成《东庄图册》，生动地展现出苏州园林绚丽多姿、令人神往的风貌。当时的文人李东阳也写了一篇《东庄记》，可作为图册的文字解读："苏之地多水，葑门之内，吴翁之东庄在焉。菱濠汇其东，西溪带其西，两港旁达，皆可舟而至也。由凳桥而入则为稻畦，折而南为果林，又南西为菜圃，又东为振衣冈，又南为鹤洞。由艇子滨而入则为麦丘……"

现在我们把李东阳的《东庄记》和沈周的《东庄图册》结合起来，一一分解图册中的画面，仍然可以感受到当年居住游娱其间的主人是何等的闲适从容、自在自得。

《耕息轩》描绘了主人耕作之余在轩内读书的场景。柴门虚掩，轩旁陈列着农具，轩后佳木苍翠，既有读书之乐，又不失田园之趣。

古代中国虽是一个农业国家，可是历史上表现稻田等农业景色的绘画却不多

明 沈周《东庄图册》之《耕息轩》

《稻畦》

见。因此册页中的《稻畦》《麦山》等画面，我们现在看来依然觉得非常新鲜。那一片密密麻麻的稻禾似乎让我们看到了丰收在望的景象，想起了前人所说的"稻花香里说丰年"，也想起了《红楼梦》大观园里的"稻香村"，想起林黛玉的那首诗："一畦春韭绿，十里稻花香。盛世无饥馁，何须耕织忙。"

《曲池》中，那临水而建的亭台上，主人正趴伏在栏杆上观望远处。池水波光粼粼，观者似乎能感受到迎面吹来的习习凉风。身后的条案上摆放着书籍，也许是那伏案看书的人有些倦了，正转而把目光投向远方？如果画面上的远方是一片浩然无边的江水，意境会更加深远。画家加上的山石围栏，挡住了远眺的目光，也让我们重新回到主题——那原来不过是主人所造园林中的一处池塘而已，不同于大江大河的开阔宽广，它是受地域限制的。

《麦山》

《拙修庵》：掩映在一片茂林修竹的小庵中，主人正坐在榻上，小火炉上正在烹茶，旁边摆放着各色珍玩和书籍，可见主人对器物的考究。庵外清净幽深，正是品赏雅玩的好地方。

《鹤洞》：鹤在中国古代是象征长寿、高洁的祥瑞之鸟，兼且形态美丽，所以在园林中养鹤不但美观怡人，也代表主人修身洁行、注重美德和追求长寿吉祥的生活理想。

《北港》：那一

《曲池》

《拙修庵》

《鹤洞》

片荷塘波光如镜，荷叶亭亭玉立，摇曳多姿，岸上花木点缀，疏密有致，真是一个夏日赏荷的好去处。

《朱樱径》：在小石径两边栽种上樱树，春日里花开满径，行人可缓缓归矣。

如同许多明代文人一样，文徵明和沈周生长在富裕、悠闲、宁静的江南小城里，他们的身上没有浓厚的政治色彩，也谈不上什么理想抱负，他们既无宋人的政治依附，亦无元人的淡涩清逸。于是他们的画作也给人一种与世无争、安然柔和的感觉，其中不难发现儒家之中庸精神，同时也可以感受到天人合一的道家理念。画中那小而精美的园林中，有花，有木，有水，有山石，更有承载着文人梦想的书籍和珍玩。观赏这些画作，常常让我想起在苏州园林中所见过的那些风景。曾经的文人雅士早已烟消云散，唯有触手可及的曲栏高槛，随处可见的匾额联楹，如诗如画的小桥流水，或遒劲或秀媚的老树古藤，仿佛诉说着当年的风雅。

《北港》

如果说"采菊东篱下，悠然见南山"是古代文人的隐逸之梦，那么"结庐在人境，而无车马喧"正是文人们真正的超然之境。身居闹市而不闻尘俗喧嚣，还需要一颗清宁自守、淡远素洁的心。在这熙熙攘攘、热闹喧嚣的尘世中，守在那小小

《朱樱径》

的园林书斋里，一盏清茶在手，一卷古书在案，一道山水在心，便可以夜闻山泉叮咚，晨沐雨露花香，坐看蜂飞蝶舞，立观云山雾海。这是一种自然与心灵的交流，也是一种独守清心的超然。

在一个秋日下午，我反复地翻看那一幅幅古远的山水画轴。那浓浓淡淡的水墨之间，幻化出远山近水、林木亭台和行走于山间的路人，耳边仿佛能够听到呼啸而过的山风。读古画的时候，仿佛天气总是半阴半晴，空间总是半暗半明，心情也总是起伏不定。南国之秋，风有凉意，却还带着暑气未消的燥热，冬天也无法体会雪夜围炉的惬意。我时常想，如若《画壁》的故事成真，我愿意走进那一幅山水画轴，穿越到千年以前的山林之中。时光流转，我是《四景山水图》中花前月下焚香抚琴的那一个，还是《雪堂客话图》里共话相逢灯下对弈的那一个？我是王蒙隐居图中隐逸山林纵情山水的那一个，还是春暖花开时徜徉于东庄朱樱径的那一个？又抑或，全然都不是，我只是画中一缕清风，由唐时明月的清辉幻化而来，穿过宋时的山林，掠过元时的山川，飘过明清最后的园林，一直吹过近代的一池荷塘。风吹起一片片荷叶，如同掀起美人翠绿欲滴的裙裾，是谁在一刹那间羞红了脸，又是谁在岸边轻声吟咏唐朝的诗句？——在梦中，一切如此美好、清凉。

山色空蒙雨亦奇

—— 雨景·雨声

　　三月的深圳，春雨连绵，蒙蒙的湿气晕染着周围的一切，初绽的花儿，树木，远处的山峦，像一幅水墨画，浓浓淡淡的墨迹幻化出大千世界。在这样的天气里，在阳台的茶台前熏香、听琴、饮茶，看着窗外烟雨朦胧的景色，"春雨细如尘，楼外柳丝黄湿。风约绣帘斜去，透窗纱寒碧"，很快就消磨了一下午时光。

　　记得小时候，暑假去姑姑家做客。姑姑家的院子里种着几棵芭蕉，下雨的时候，雨水打在芭蕉叶上，吧嗒吧嗒。那时我第一次知道，原来雨的声音竟然可以如此曼妙，打在芭蕉叶上就如天外之音一样。"窗前谁种芭蕉树？……点滴霖霪。点滴霖霪。"有了芭蕉，仿佛一切苦雨都值得喜爱。"纱窗外、斜风细雨，一阵轻寒"，或者"一夜不眠孤客耳，耳边愁听雨萧萧。碧纱窗外有芭蕉"，雨水带着音乐之美，浪漫又动人。广东有丝竹民乐《雨打芭蕉》，但我觉得过于世俗热闹，还是用古筝弹奏几句《蕉窗夜雨》，滴滴答答，淅沥不停，欲语还休，余音袅袅，更为适宜。

　　古人把听雨列为"九大雅事"之一。焚香、品茗、听雨、赏雪、候月、酌酒、莳花、寻幽、抚琴，修身养性，散淡闲适，虽至为简单，却别具幽逸之美。南宋词人蒋捷曾在《虞美人·听雨》中写道："少年听雨歌楼上，红烛昏罗帐。壮年听雨客舟中，江阔云低、断雁叫西风。而今听雨僧庐下，鬓已星星也。悲欢离合总无情，一任阶前、点滴到天明。"短短几句诗，便以不同时段听雨的心境概括了词人的一生。

雨，对于中国文人而言，早已超越了其作为一种自然现象的本义，尤其在中国古代诗词中占据重要的地位。春天的雨，是"好雨知时节，当春乃发生"，是"自在飞花轻似梦，无边丝雨细如愁"，是"沾衣欲湿杏花雨，吹面不寒杨柳风"；夏天的雨，是"水光潋滟晴方好，山色空蒙雨亦奇"，是"柳外轻雷池上雨，雨声滴碎荷声"，是"黑云翻墨未遮山，白雨跳珠乱入船"；秋天的雨，是"袅袅秋风动，凄凄烟雨繁"，是"高楼目尽欲黄昏，梧桐叶上萧萧雨"，是"夜山秋雨滴空廊，灯照堂前树叶光"；冬天的雨，见得少了，所以是"江南殊气候，冬雨作春寒"，是"冬暮雨霏霏，行人喜可稀"，是"潇潇一晌残梅雨，独立无情绪"……如此景致入诗，读诗的人脑海里已然浮现出一幅幅图画。

雨宜入诗，更宜入画。画中的雨，同样也有别具一格的魅力。我们先来看看出自亚洲画家之手的日本浮世绘里的雨景。擅长画风景画的歌川广重有几幅著名的雨景画，《庄野白雨》《土山春之雨》和《大桥骤雨》等，用线条密密画出繁密如织的雨势，再用被大风吹歪的树枝、桥下因降雨而变得湍急的溪流以及雨中行人冒雨前行的姿态，来烘托雨中的气氛，带着一些漫画色彩。

日本 歌川广重《庄野白雨》

日本 歌川广重《土山春之雨》

左为歌川广重《大桥骤雨》，右为梵高仿作

法国 毕沙罗《蒙马特尔大街的下午——雨后》

俄国 希施金《林中雨滴》

日本浮世绘对西方印象画派影响巨大，它直白又艳丽，具有极大的视觉冲击力，这种漫画式的画面表达在当时的西方人看来无比惊艳。梵高曾模仿了几幅歌川广重的风景画作，突出了日本美术色彩华丽、直面平铺的表现力。

西方油画中的雨景则更为写实。19世纪俄国巡回展览画派代表画家希施金的作品《林中雨滴》和法国印象派画家毕沙罗的《蒙马特尔大街的下午——雨后》等都是经典的雨景油画作品。油画丰富的色彩层次突出地表现了雨景的立体空间感，树林里细雨蒙蒙，大街上淫雨霏霏，雨水中环境的潮湿感十分生动。

如果说日本浮世绘里的雨是平面的、肉眼可见的线条，西方油画里的雨是写实的、仿佛触手可及的潮湿，那么中国山水画里的雨则是诗意的。中国古画里的雨，不讲究直接绘写雨水从天上落下的形态，而是通过对其他景物的描绘表现出一种未及捉摸却又可以感受到的雨意。

中国描绘雨景的古画，取景点大多在江南。大概是由于江南一带烟雨如梦的自然环境令人过目难忘，再加上南宋时期和明代以后文人画盛行于江南一带，以江南雨景为主题的山水画便风靡一时。

说起江南雨景，我们常会说"烟雨江南"，其中最特别的是一个"烟"字。小时候读古诗，什么"多少楼台烟雨中"，什么"烟花三月下扬州"，什么"波痕如树树如烟"，对这个"烟"字我一直存着疑惑。后来，有一年春天去江南游玩，彼时春寒料峭、细雨绵绵，正是游人稀少的时候，西湖堤岸绿柳新萌、桃花初绽，一种欲至未至的春色笼罩在蒙蒙细雨中，微微涌动，若隐若现。我突然就领悟了古诗里的那个"烟"字，一切隐隐约约，若有若无，如梦如幻，缥缈轻盈，来去无踪，那是花非花、雾非雾的一种景致。由此，我也自然而然地联想起《红楼梦》里的"软烟罗"。第四十回贾母等领着刘姥姥来到潇湘馆，因见黛玉房中的窗纱旧了，让凤姐给换了用软烟罗糊的窗子。软烟罗，连贵为皇商家的薛姨妈和见多识广的贾府管家奶奶王熙凤都未曾见过，它有松绿的、银红的、秋香色的，还有一种雨过天青色的，"做了帐子，糊了窗屉，远远的看着，就似烟雾一样……"我想，世外仙姝林妹妹透过这软烟罗看到的窗外景致，大概会令她梦回家乡苏州那烟雨中的江南风光吧。

这烟雨江南看着美，入画描绘显然有难度。我们首先看到的，是这一幅《潇

五代 董源《潇湘图》局部

湘图》。一千年前的江南，山峦连绵，云雾暗晦，山水树石都笼罩于一片淡薄的烟云之中，生动刻画出潮湿温润、烟雨空蒙的江南气候。

作者是被称为"南派山水画开山鼻祖"的五代南唐画家董源，《潇湘图》也被后世视为"南派"山水的开山之作。董源运用披麻皴和点苔法，描绘出江南林壑幽深、烟云出没的秀丽景色。他的这些技法，独出心裁，可谓开创了中国山水画的新纪元。

北宋时期，米芾、米友仁父子造就了"米家云山"。米芾是书法家、画家、书画理论家，与蔡襄、苏轼、黄庭坚合称"宋四家"，宋徽宗时被诏为书画学博士。祖籍山西，后迁居湖北襄阳，中年又迁至润州（今江苏镇江），家人也随之来到南方生活。从三晋大地来到江南，比起危峰高耸、层峦叠嶂的北方山水，米芾显然更欣赏江南水乡瞬息万变的"烟云雾景""天真平淡""不装巧趣"的天然风貌。《洞天清录》记载："米南宫多游江浙间，每卜居必择山明水秀处。其初本不能作画，后以目所见，日渐模仿之，遂得天趣。"他把这片景色带到画中，将烟雨迷蒙、变化无常的江南山水泼洒纸上，成就了"米家云山"。清代郑绩著《梦幻居画学简明》，称米氏父子"雨点皴，全用点法，宜于雨景也"。可见中国绘画史上最早的描绘雨景之法当属米芾的雨点皴，古人称之为"米点"。

　　彼时，北宋画坛正盛行金碧辉煌的皇家气派，比如王希孟的《千里江山图》被称为"神作"；或者是峭拔险峻、雄伟磅礴的北方山水，代表画家李成、关同、范宽等三人被赞为"三家鼎峙，百代标程"。米氏父子却剑走偏锋，独树一帜，创作以烟雨江南为题材的"米家云山"，成为山水画史中独特的经典图式。此后，"米家云山"一直为历代画家所推重，各种临者、摹者不断，像高克恭、方从义、倪瓒、董其昌等人，无不在图式上吸收了米芾的创造。"米家云山"丰富、发展、壮大了以董源、巨然为首的南方山水画派，成为南方派的后起之秀。

北宋 米芾《春山瑞松图》

所以有人说，"米芾以前，是北方山水画派的世界，米芾以后，就逐渐成为南方山水画派的世界了"。

米芾的长子米友仁承继并发展了米芾的山水技法，"点滴烟云，草草而成"，自题画山水为"墨戏"，以"落茄点"笔法表现雨后江南的烟雨蒙蒙、变幻空灵。他的经典之作《潇湘奇观图》表现了春天江南苍茫雨雾中的景观，一片片云海、一排排山峰若隐若现，在烟云缭绕中微露的山巅，又被漫涌而至的烟云湮没。几处层林和屋舍被缥缈的烟霭笼罩，含含蓄蓄、朦朦胧胧。米友仁自述："大抵山水奇观，变态万层，多在晨晴晦雨间，世人鲜复知此。"宋代诗人尤袤也在《题米元晖潇湘图》中写道："万里江天杳霭，一村烟树微茫。只欠孤篷听雨，恍如身在潇湘。"

北宋 米友仁《潇湘奇观图》局部

南宋时期，又出了一个画雨景的高手——夏圭。与马远并称"马一角、夏半边"的夏圭，宁宗时任画院待诏，受到皇帝赐金带的荣誉。夏圭多画长江、钱塘江及西湖等江南水乡湖岸江滨烟雨迷蒙、秀美清丽的景色，特别喜欢画雪景及风雨气象。其代表作品《冒雨寻庄》中，只见画面上一片雨色空蒙，烟雾迷茫，远景孤峰突兀，旁边的雨雾里隐隐约约露出一座山峰；中景留白好似一带仙雾，反衬出山间的风雨晦暗；前景几方巨石，几株拙树，半带溪流，一拱木桥，桥上简约几笔画出一个挑着酒葫芦的人，躬身冒着细雨急急向山里走去，似乎正要寻找山中的一处庄园，以躲雨歇脚，还可喝壶小酒，去除雨中寒气。

马远之子马麟的作品《芳春雨霁图》也是一幅雨景佳作。只见一片烟雨蒙蒙中，水岸边数枝小树枝芽新发、嫩叶初露，显露出春意盎然的景象。远方雾气

南宋 夏圭《冒雨寻庄》

南宋 马麟《芳春雨霁图》

轻腾，隐约可见几处绵密如烟的树木，影影绰绰、飘飘荡荡。这似乎是我春日里行走于杭州西湖景区某个角落的所见，春天湿润而清冷的雾气笼罩了一切，眼前景色能见度极低，只能看到近处的花木隐于雾气中，寂静，而诗意。那如梦如幻的场景，让我想起苏门四学士之一张耒的诗句"烟树远浮春缥缈，风光不动日阴沉"，和辛弃疾的《临江仙》："金谷无烟宫树绿，嫩寒生怕春风。博山微透暖薰笼。小楼春色里，幽梦雨声中。"南宋的诗词与画面，大抵都吐露出一种春意萌动、欲语还休的浪漫情怀。

另一位画雨景的大家，便是清代的龚贤了。在清代山水画家里，龚贤是画风独特的一个，为彼时盛行复古摹古的正统画坛带来一股新鲜的气息。其个性之突出，在画史上足以与米芾相提并论。

龚贤（1619—1689），字半千，号野遗、柴丈人、半亩等，祖籍江苏昆山。早年曾参加复社活动，后隐居不出，以卖画为生。他的作品独辟蹊径，艺术造诣居"金陵八大家"（龚贤、樊圻、高岑、邹喆、吴宏、叶欣、胡慥和谢荪）之首，成为清初画坛与"四王"并驾齐驱的一位特立独行的大师。他隐居于南京清凉山，每日"栽花种竹，足不履市井"，赋诗作画，梦幻一般的江南烟雨，成为他画中的美好形象。

龚贤的《夏山过雨图》表现的是山雨过后群峦如洗、苍翠欲滴的景色。只见山中云雾蒸腾，大气湿润，草木蓊郁，好一幅生机盎然的南方山林之景！为了表现夏雨的淋漓和雨后的岚气朦胧，龚贤用积墨法一层一层点染，在无数层次的黑中，浓浓淡淡地用墨生出无穷的韵味，显得层次分明，湿润得体，无怪乎时人曰"半千之所以独有千古更在墨"。

清代宫廷画家金廷标画有一幅《雨景》图，其创作背景十分特殊。根据《乾隆事典》记载，某年大旱，四至六月间乾隆五度祈雨，作《为解旱祈雨》；金廷标亦作《雨

清 龚贤《夏山过雨图》

景》图，相当于一幅记录这一事件的画作，描绘了雨中商贾辛苦行旅、纤夫拖曳竹筏、农民辛勤耕稼的场面。乾隆赋诗其上曰："归来于今八阅春，民瘼艰难日心里。廷标无端写成图，今昔炽然非彼此。谁云今昔非彼此，昔雨多今雨艰矣！"从题诗可以看出，君臣体恤民情之苦，为民祈雨作画题诗，令这幅《雨景》饶有深意。

以上这些都是描绘静态雨景的精品，接下来要介绍的是呈现动态雨景的画作。与和风细雨、烟雨空蒙的静态雨景不同，动态雨景加入了狂风骤雨、电闪雷鸣。深圳的夏天常常有台风，狂风夹着大雨倾注而下，常有惊天动地之势。家住深圳东部海山之间，每逢台风天气，家人齐齐藏于屋内，门窗紧闭；透过阳台，可以看到天色一片黯淡，花园里树木摇曳不止，前方海面云气滚滚，后方山中云

清 金廷标 《雨景》

雾蒸腾，颇有陆游诗中"风卷江湖雨暗村，四山声作海涛翻"之意。而中国古代山水画里的动态雨景，往往通过物象之间的关系表现出风势雨意，远山如烟，近树婆娑，行人撑伞戴笠，小舟逆风急篙，画中的小细节，无一笔画风雨，又无一笔不画风雨，匠心诗意，令人赞叹。

宋代擅画花鸟走兽而长于写生的李迪，画过一幅风俗画《风雨牧归图》。顾名思义，风雨是此图的构思核心，整个画面中的牧童、牛、大树、湖水、苇丛等景物都被置于忽来的"风雨"情境之中。所谓"山雨欲来风满楼"，柳树的枝叶、岸边的芦苇和水草都呈现出依风势倾斜之态，一湾清水与一片蒙蒙天色相接，使狂风骤雨即将来临之势跃然纸上。最有情趣的是对于雨中两组人物和动物的描画：前边牧童扶住斗笠，弯腰伏向牛背，催牛疾奔，而胯下水牛却停蹄

北宋 李迪《风雨牧归图》

回首，似在呼唤后面的水牛快跟上；后面牧童因斗笠被吹落地上，转身趴在牛背上，欲下不能，欲罢不甘。画家利用对两组人物和动物一静一动的对比描画反衬风雨气势，十分有趣。

明初浙派创始人戴进所作《风雨归舟图》则描绘了暴雨降临的景象。画面上用醒目的宽阔湿笔快速斜扫过画面，表现出大雨滂沱如泼的撼人气势。风雨交加中，树叶和芦苇摇摆翻折，桥上农夫冒雨匆匆赶路。而江面上那一条逆风行走的小船，造成了全图的顺逆对比，不仅突出了风势的狂猛，也使"风雨归舟"的主题更加鲜明。

戴进这幅画以自然中的风雨云雾为创作主题，可以追溯到南宋夏圭的传统。不过，和宋代绘画相比，戴进的构图动势更强烈，笔墨也更加奔放纵恣，这幅《风雨归舟图》影响了后来的明代宫廷画家，成为他们创作这类风雨山水图的典范。

明 戴进《风雨归舟图》

随着描绘这一主题的画家越来越多，"风雨归舟图"几乎成为一类书画作品的共名，成为"中国美术史上的一个奇迹"。历史上许多画家都画过这个主题，如南宋的苏显祖，戴进以后明代的蓝瑛、张宏，清代的谢彬、金农，近代的吴昌硕、傅抱石，等等。历代画家为何喜欢画"风雨归舟图"呢？大概在中国传统文化中，"风雨"早已超越一种自然现象的含义，成为社会复杂环境和作者心境优劣的代表；而"归舟"，则暗示了一种归属感，风雨归舟，仿佛尘埃落定，如同一个历经沧桑坎坷的人终于得到安宁，同时也可代表一种美好的祈愿和感叹。明代陶宗仪为杨士贤《风雨归舟图》题诗写道："山雨溪风晚未休，萧萧落叶满汀洲。渔船罢钓归何处？眼底狂澜正可愁。"风雨大作，外出钓鱼的渔船都回来了，而更令人惆怅的是人生道路上的风风雨雨，不知何时才得安宁。

清初画家谢彬的《风雨归舟图》明显是受了戴进的影响，用宽笔斜扫画面，描绘暴雨雨势的笔法与戴进如出一辙。

明代宋旭的《风雨行舟图》中，风雨之气主要靠那山中松林翻卷来体现，风雨中，艄公弓背俯首，全力撑着水中的长篙，舟中乘客紧紧围坐一团，共同撑起一把雨伞，那风雨中的"归"意，显得更加迫切了。

清 谢彬《风雨归舟图》　　　　　明 宋旭《风雨行舟图》

明 蓝瑛《风雨归舟图》

明末清初的蓝瑛也用没骨法画过一幅青绿重彩山水画《风雨归舟图》。蓝瑛，字田叔，号蝶叟、石头陀、山公等，钱塘（今浙江杭州）人，是浙派后期代表画家之一，也是"武林派"（钱塘古称武林）创始人。他自创的没骨青绿山水在门派林立的明代山水画中显得别具一格。他用没骨法以石青、石绿色画山石，树叶、佛塔、寺院和湖中小舟也用浓艳的红、黄、青、绿没骨画出，弥漫于山水之间的烟云则用白粉渲染。雨过天青，天边隐隐挂起一道彩虹，山间雾气萦绕，舟中人也得以更加从容淡定地欣赏眼前的美景。这样的画面色彩丰富，却又显得典雅清新。

到了近现代，最善于画雨的画家应属傅抱石。傅抱石（1904—1965），江西新余县（今江西新余市）人。他是我国极有创造性、影响极大的国画大师，与齐白石并称"南北二石"。他擅画山水、人物，并创造出独树一帜的"抱石皴"山水技法。他画瀑布、雨景技艺超群，有"傅氏风雨下钟山""一半山川带雨痕"之誉。

在抗日战争的艰苦岁月里，傅抱石参加军委政治部的抗战宣传工作，在重庆度过了八年的岁月。巴蜀地区群山环绕，苍茫雄奇，山水之间苍松翠竹，森林莽莽，给了傅抱石取之不尽的绘画素材和创作灵感。山区气候变化多端，雨水充沛，他特别喜欢在大雨滂沱的时候冲入雨幕中，到峰峦山涧之间去观察，去体验，去欣赏那烟雾缭绕、雨丝扫刷的动态和变化。就在这里，孕育并诞生了傅抱石的绝作——"雨景"山水画。

《万竿烟雨》便是傅抱石这一时期的杰作。他用大笔破锋，快速运笔，扫出的雨丝，苍苍茫茫，灰灰蒙蒙。画幅的上半大部是笼罩在烟岚和雨雾之中的层层山影，天空混沌一片，前景是在狂风暴雨中被压弯了腰的万竿新竹，夹岸的村舍已隐没在雨雾之中，竹下小河泛流，一名行人斜撑雨伞，顶雨过桥，步履维艰，整个画面充满了动感。如此雨景图，与中国传统绘画的表现手法迥然不同，当时欧洲画家也惊叹于它强烈的表现力和逼人的气势，后来英国著名的美术杂志《画室》也选中《万竿烟雨》作为封面。

　　傅抱石的雨景画大气磅礴，气势过人。《风雨归牧图》描绘出巴蜀地区那动荡的风雨交加的景象，衬托出画家一种思乡、不安和躁动的心境，同时也让人沉浸在"巴山夜雨涨秋池"的浓郁诗意氛围之中。

　　当时国内政治动荡，傅抱石满怀愤懑和抑郁，他创作的雨景画面同样反映着他不安的心境。风声、雨声、读书声，声声入耳；家事、国事、天下事，事事关

近现代 傅抱石《万竿烟雨》

近现代 傅抱石《风雨归牧图》

心……眼里看着暴风骤雨、茫茫烟波，心底早已愁绪辗转，他只能借助画笔疾涂迅扫，肆意豪纵。他提出"时代变了，笔墨不得不变"的论断，成为我国现代山水画创作的经典名言，一语道破了山水画创作与时代的关系。笔墨成为时代变化的晴雨表，具有引领时代精神的象征意义，指引着中国山水画进入下一阶段的发展。

　　岭南地区多雨，四季皆雨，四季景。三月间，微风拂面，吹面不寒，春雨细腻，似雾似烟，忽而潇潇纷飞，忽而霏霏斜舞。我时常在细雨中散步于海滨栈道，只见对面香港的山峦连绵一片，山色空蒙，青黛含翠，仿佛盈盈一水、脉脉含羞。这样的天气里，春雨略带几分春寒，闲情中又有几分闲愁，我也喜欢躲在家中读书饮茶，正好是"枕上诗书闲处好，门前风景雨来佳"。清代张潮在《幽梦影》中说："春雨宜读书，夏雨宜弈棋，秋雨宜检藏，冬雨宜饮酒。"若不然，便翻开古代山水画中的雨景，千百年里，那画中依然可见"山色空蒙雨亦奇"，成为流传千秋万代的时光印迹。

夫天地者，万物之逆旅；
光阴者，百代之过客。
而浮生若梦，为欢几何？
古人秉烛夜游，良有以也。

花鸟画与人物画、山水画并列为中国古代传统绘画的三大画科，它是对以植物和动物为主要描绘对象的绘画的总称。根据描绘的内容，可细分为花卉、翎毛、蔬果、草虫、畜兽等支科；根据描写技法，可分为工笔和写意；根据使用水墨色彩的不同，又可分为水墨、泼墨、设色、白描与没骨花鸟画。"花鸟亮丽映春秋"，一部花鸟画史就是一部人类解读花鸟动物世界的历史，其间融入了画家、诗人的独特语汇、审美情趣和人与自然的不解之缘。

五代——起源

早在工艺、雕刻与绘画尚无明确分工的原始社会，中国花鸟画就已萌芽，发展到两汉六朝已初具规模。美国纳尔逊·艾京斯艺术博物馆所藏东汉陶仓楼上的壁画《双鸦栖树图》，是我国已知最早的独幅花鸟画。但是要说中国花鸟画开始作为一门独立的画科发展，应该是在五代时期。五代时期，王公贵族生活富丽奢华，他们的日常生活和殿堂府邸用到了大量的装饰品，因此五代的花鸟画有了很大的进步。其中最具代表性的画家便是有"黄家富贵，徐熙野逸"之称的黄荃、徐熙。

在画史上有这么一个故事：后蜀年间，南唐送来六只江南特有的白仙鹤，后蜀末主孟昶叫来黄荃进殿为这六只仙鹤创作写真，结果一到傍晚时分，御苑中豢养的仙鹤都靠拢来歇宿在图画的下边；黄荃又在八卦殿画花竹雉鸡，也使皇帝捕猎的白鹰误认为真，频频扑向墙壁。故事一方面体现出黄荃写物如生的本领不同凡响，另一方面也充分说明了花鸟画原本是用作庙堂内府装饰之用的，自然极尽富丽堂皇之能事。

号称"野逸"的徐熙也曾被南唐后主召入宫中创作类似于装饰画的作品，称为"装堂花"或者"铺殿花"。

我们现在走在北京各个宫殿和皇家园林里就能发现，走廊上、屋檐上、廊壁上几乎画满了花鸟鱼虫。一国之君的喜好是任性的，皇帝们大概希望无论春夏秋冬，寒暑更替，他们的殿堂上永远四季如春，百花盛开，万物苏醒，生意盎然，永远一幅生机勃勃的模样，以寄托他们永生不老、青春常驻的美好愿望。

在装饰上，一些能够表示瑞兆的动植物形象尤其受到人们的喜爱，这种风气一直蔓延至今。在很多村落的古建筑上，或雕刻或描画着许多动物花鸟，比如蝙蝠代表"福"，石榴代表"多子"，牡丹代表"富贵"，喜鹊代表"喜气盈门"，还有大公鸡，取其"大吉大利"之意，等等。

画史上所称的"黄家富贵"指的就是黄荃与其儿子黄居寀、黄居宝父子三人的画风。黄荃其画风格写实而华丽，体现了奢华的皇家气派，开创了花鸟画的一大流派，备受各朝各代的宫廷画师推重。《写生珍禽图》卷是黄荃传世的重要作品，据说这是他给儿子做练习用的摹本。画卷上，昆虫、鸟雀和乌龟等动物均

五代 黄荃《写生珍禽图》

匀分布，无论是鸟儿的羽毛，还是昆虫的翅翼，无不毫发毕现，清晰逼真，堪比现代照相机的微距拍摄。画家先用细劲的线条画出轮廓，然后再施以色彩，即所谓"勾勒填彩，旨趣浓艳"的"勾填法"。我们也可从中体会一位父亲的良苦用心：一千年前，为了让儿子学习画画，作为父亲的黄荃精致入微地画下这些小动物供儿子临摹，望子成龙之心，古今皆同！

北宋——趋于成熟

宋代是中国花鸟画的成熟时期，也是花鸟画面貌最为丰富的时期。可以说，宋代的工笔花鸟画代表着中国工笔花鸟的最高水平。宋代花鸟画创作之所以达到极致，一是因为宋代画院汇集了西蜀、南唐、吴越乃至南北各地画家之精英，并融合了五代画院之经验；二是因为画院体制经改革完善，至公元960年，宋王朝成立翰林图画院，画院已成为全国绘画创作的中心，促进了绘画创作发展；三是因为皇帝徽宗赵佶本人对工笔花鸟画的偏爱——他自己就是一位花鸟画高手，还直接过问画院事宜，把院画特别是工笔花鸟画的水准推向了一个高峰。

《宣和画谱》所载北宋宫廷收藏中，有三十位花鸟画家的近两千件作品，所画花卉品种达两万余种。由于皇帝的极度重视，当时的花鸟画画家十分重视深入自然观察研究，在描绘上讲究细致入微、精密不苟。画家曾云巢曾自叙作画体会："某自少时，取草虫笼而观之，穷昼夜不厌；又恐其神之不完也，复就草地间观之，于是始得其天。"李澄叟《画说》中也提出："画花竹者，须访问老圃，朝暮观之。"

北宋花鸟画代表人物崔白，他的花鸟画清淡野逸，一改宋初以来黄荃父子开创的富贵浓艳风格，推动了北宋花鸟画的转型。崔白成长于安徽一带，深受徐熙风格影响，画的多是山野林木丛中的花鸟。黄庭坚称崔白之画为"盗造物机"，说他的花鸟画生动写实，具有自然野趣。其名作《寒雀图》描绘一群麻雀在古木上安栖的景象。画中构图可分为三部分：左侧二雀，已经憩息安眠，处于静态；右侧二雀，乍来迟到，处于动态；而中间四雀，呼应上下左右，由动至静，浑然一体。雀儿的灵动在向背、俯仰、伸缩、飞栖中表现得惟妙惟肖，观者似乎能听

北宋 崔白《寒雀图》画心

到雀儿们叽叽喳喳、上下翻腾的热闹。而在这些雀儿的衬托下，那一枝枯干的树枝显得格外苍寒，凸显出一个"寒"字，点明背景时间正是隆冬时节。

此外，说起北宋花鸟画，不得不提起一个人。"说这个官家，才俊过人；善写墨竹君，能挥薛稷书；通三教之书，跷九流之典；朝欢暮乐，依稀似剑阁孟蜀王；爱色贪杯，仿佛如金陵陈后主。"——这便是宋徽宗赵佶。

这位历史上昏庸无能的皇帝，在位期间对人民搜刮无度，激起宋江、方腊起义，面对北方女真集团的举兵，屈辱求和，最后酿成"靖康之变"。但在艺术上，宋徽宗无疑是很有作为的。他兴办画学，发展画院，把宫廷绘画推向了新的高度，尤其是宣和画院的兴办，使宋代成为我国绘画史上人才隆盛、制度完备的繁荣时期。同时，他个人还是一个水平很高的鉴赏者和画家。关于宋徽宗对花鸟画的艺术鉴赏力，世人常以下列两件轶事来说明：徽宗十分赞赏一幅《斜枝月季》，认为"月季鲜有能画者，盖四时、朝暮、花、蕊、叶皆不同"，他判断出画中月季是"春时日中者"，"无毫发差"；有一次，画院画家画孔雀，先举右脚，却被徽宗否定，指出"孔雀升高，必先举左"。这两个传说，都说明了宋徽宗观察之仔细，刻画之精细。这也是宋代画家的共同特点，即要求形象的逼真精

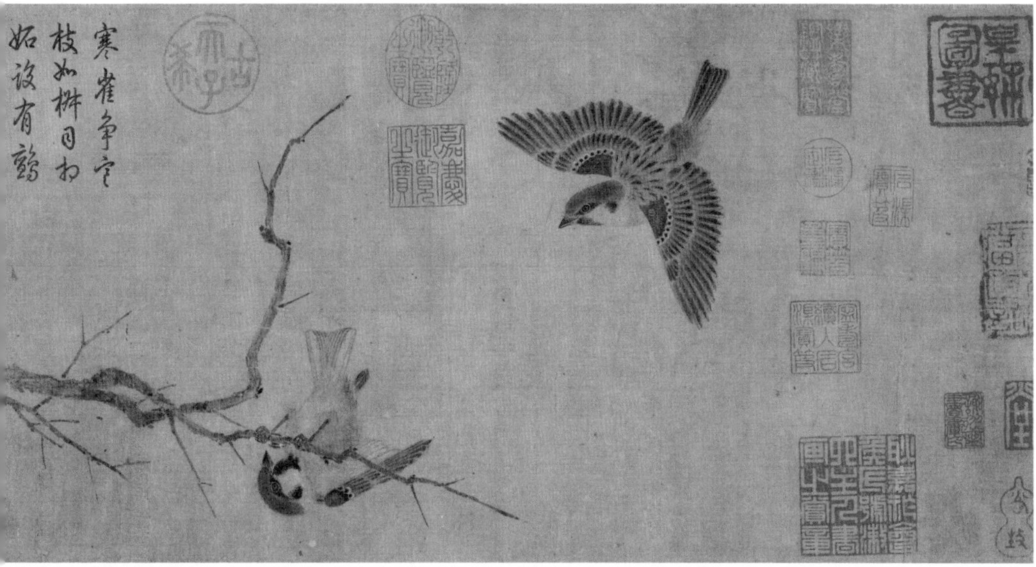

寒雀争室
枝如拼日刁
如设有韵

确，这也成为当时绘画创作和收藏的标准。

宋徽宗的传世作品很多，其中，下面这幅《瑞鹤图》简直达到了中国审美的巅峰！

首先，是赋色。你可听过周杰伦唱的那一句"天青色等烟雨，而我在等你"？传说中，宋徽宗做梦时，看到了雨过天青后的天空，"雨过天青云破处，这般颜色做将来"，醒来后念念不忘，由此催生了五大官窑之首汝窑天青瓷（简称汝瓷）的诞生——对，这画中的颜色便是传说中的"天青色"！收藏界有"纵有家产万贯，不如汝窑一件"的说法，其釉色"天青色"犹如"千峰碧波翠色来"，色调比起电视剧《延禧攻略》里的莫兰迪，更为高级。

其次，是构图。和一般的花鸟画不一样，在这幅《瑞鹤图》中，宋徽宗把花鸟与建筑结合起来，画幅下部是威严肃穆的宫阙殿阁，上半是轻盈飘逸的万里碧空，群鹤盘旋，中间浮起一层霭霭云气，使得规整的下半与空灵的上半形成统一的整体。横向来看，画面基本呈中轴对称关系，二十只仙鹤相互应和、高低错落，各有志趣，十分灵动。一眼看去，一片淡石青色渲染出的天空中，瑞鹤与祥云萦绕飞舞，尽显祥瑞之气。

此外，这幅画的创作背景也十分传奇。北宋政和二年上元之次夕，即公元1112年正月十六日，都城汴京上空忽然云气飘浮，低映端门，群鹤飞鸣于宫殿上空，久久盘旋，不肯离去，引得人们纷纷驻足观看。亲睹此情此景的徽宗皇帝兴奋不已，因为彼时朝廷内忧外患，天灾人祸接踵而来，民间怨声载道，而眼前的景象简直是"仙禽告瑞""国运千岁"的吉兆，他马上提笔亲绘，是为《瑞鹤图》。

然而，这样一幅展现太平盛世、预示祥瑞之兆的作品，并未给国运衰败的王朝带来任何转机。公元1127年，金兵一举攻陷都城汴梁，在位二十五年的赵佶最终沦为亡国之君。"做个才人真绝代，可怜薄命作君王。"赵佶的腐败无能，最终导致北宋政权覆灭，其苦心经营的画院也在靖康之难中解体，难以计数的宫廷收藏被掠劫一空，画家们或被虏北上，或四处逃亡，酿成了中国美术史上的一幕悲剧。

北宋 赵佶《瑞鹤图》画心

南宋——达到顶峰

宋朝皇室南迁后，南宋首都临安（今杭州）成为全国的政治、经济、文化中心，社会经济快速恢复发展。同时，南宋皇室对于文化的高度重视促进了文学艺术的繁荣，画院很快得到恢复，大批南渡的画院画家充分发挥艺术才能，开创了中国绘画的中兴时代。南宋画院存在一百多年，有姓名可考的画家有一百二十多位，其中一半以上的画家画花鸟，这一时期可谓中国花鸟画创作的又一个高峰。

南宋画院开创了中国美术史上"院体画"（也称"院画"）这一大体系，对后世影响至深。明郁逢庆《郁氏续书画题跋记》卷一云："宋高宗南渡，萃天下精艺良工，画师者亦与焉。院画之名盖始于此。"从具体画法而论，南宋画院虽与北宋宣和画院一脉相承，但宣和画院多为大幅面创作，而南宋画院多为斗方、团扇形制的小幅面创作。就画风意境而论，宣和画院作品多辉煌壮丽，南宋画院作品则多清新婉约。

此外，南宋小农经济的发展和市民阶层的扩大，对绘画的发展也有很大的影响。据《梦粱录》《武林旧事》等记载，南宋画院画家的作品，散落在都城日常生活的各个角落。一些寺院道观等公众场所，画满壁画；茶肆酒楼，都以悬挂字画来提升档次，吸引顾客；市民遇有喜庆宴会，便会租赁画帐、屏风、书画陈设等招待客人。仅以扇子为例，夏天一到，满杭州城摇曳的扇子上，都是画家们的山水、花果、珍禽等各种小品。这也是为什么我们看到的南宋画多为团扇形制的小幅面创作。人民生活安逸，加上江南自然环境舒适，上至宫廷贵族下至平民百姓，都对小资情调的花鸟画十分喜爱。人称"南北两宋老画师"的李唐，最初从北宋流落到南方时很不得志，万分郁闷之下写了这么一首诗："雪里烟村雨里滩，看之容易作之难。早知不入时人眼，多买胭脂画牡丹。"南宋崇尚艳丽的花鸟画之盛行，由此可见一斑。

下页左侧这幅画是李安忠的《晴春蝶戏图》。李安忠曾任职于宣和画院，南渡后复职画院。李安忠在南宋画院中，是一名以善绘花鸟、走兽称能的画家，

南宋 李安忠《晴春蝶戏图》　　　　南宋 吴炳《出水芙蓉图》

《晴春蝶戏图》是他存世作品中最具代表性的一件了。他的画小品居多，大不盈尺却精美绝伦。据说他每出一幅画，宫中贵人都争相传看，在民间市井更是风靡一时，虽售价不菲，市人仍趋之若鹜。

画面上，各色蛱蝶，或平展双翼，或振翅飞舞，活泼俏丽，翩翩飞舞于空中。画面上看不到花朵，观者却似乎能从中嗅得出春和日丽、百花盛开之时散发出的阵阵香味。这幅画很有写生意味，放大来看，每一只蝴蝶的样貌和品种都不相同，生动自然，形象逼真，体现出作者高超的写实功力。

另一幅是相传为南宋画院待诏吴炳所作的花鸟精品《出水芙蓉图》，一朵盛开的粉红色荷花，差不多占据了整幅画面，在碧绿的荷叶映衬下显得更加璀璨夺目。画面采用了俯视特写的手法，构图丰满，布局大气，一下子就能抓住观者的目光。采用"没骨"技法，几乎不见勾勒之迹，柔美的敷色渲染出花瓣腴润的质感，将荷花"出淤泥而不染，濯清涟而不妖"的气质表现得十分完美。

元代——梅兰竹菊成为主角

元灭南宋后，在相当长的一段时间内，汉人地位低下，江南文人"学而优则仕"的美梦破灭。为了吐露胸中的不平，文人以画寄托思想成为风尚，给元代绘画带来了以文人画为主流的重要转折。

元朝文人追求一种隐居和出世的生活方式，因此梅、兰、竹、菊成了文人士大夫经常借题发挥或寄寓深意的对象。他们以拟人化的手法将崇高、贞洁、虚心、向上、坚强等理想品质寄于"四君子"之上。这种文人思想的加入，为花鸟画注入了新的内涵，赵孟頫的兰花、王冕的梅、柯九思的竹等，都被赋予高尚纯洁的品质，成为画坛美谈。

被后人称为"中国墨梅第一人"的王冕，字元章，号"梅花屋主"，浙江诸暨枫桥人。他出身贫寒，幼年替人放牛，靠自学成为诗人、画家。他性格孤傲，鄙视权贵，拒绝出仕，选择了躬耕自种的隐居生活，"种豆顷亩，粟倍之，种梅花千树"，白天劳动，晚上写诗作画。他画的梅花枝干简练秀逸，梅花蕊萼鲜活，朵朵清新，构图也别具一格。在他的诗和画中，我们能看到"忽然一夜清香发，散作乾坤万里香"带给他的心灵慰藉，也能看到他"不要人夸好颜色，只留

元 王冕《墨梅图》

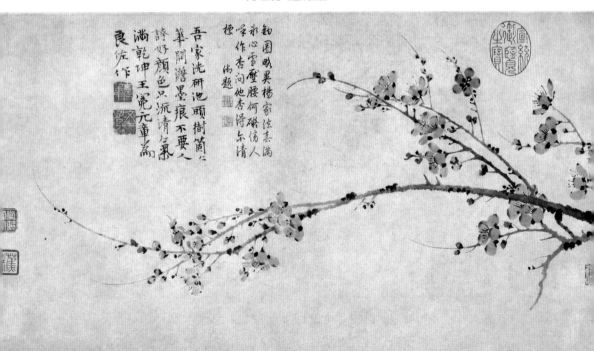

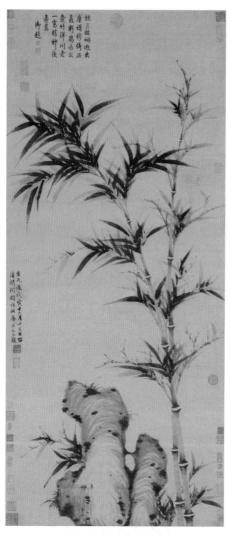

元 柯九思《清闷阁墨竹图》

清气满乾坤"的清高气节。正是这种超然世外、不杂尘俗的境界，使他的诗与画充满高洁脱俗的力量。

柯九思（1290—1343），字敬仲，号丹丘生，元文宗时曾被授予"奎章阁鉴书博士"（正五品），专门负责宫廷所藏金石书画的鉴定，"宠顾日隆"，后南归退居松江（今属上海市）。柯九思工诗文、识金石，可谓集诗人、书画家、鉴赏家于一身。作为书画家，他画的墨竹尤其受到赞赏，他将中国古代的书法融于画法之中，"写干用篆法，枝用草书法，写叶用八分，或用鲁公（即颜真卿）撇笔法"，这在他的代表作《清闷阁墨竹图》中充分体现出来。元朝国子祭酒刘铉赞叹他的墨竹"晴雨风雪，横出悬垂；荣枯稚老，各极其妙"，其笔法之精妙由此可见一斑。

明清——文人花鸟画风行一时

花鸟画自中晚唐兴起之后，一直为宫廷画苑所垄断，成为帝王贵胄表现其雍容华贵富丽气派的手段。这一时期，文人基本不涉足花鸟画领域。元代时，"梅兰竹菊"成为少数文人自娱自乐的主题。到了明代中期，文人画势力越来越大，一些文人画家开始把画笔伸向花鸟画这个未曾涉足的领域。如吴门派诸大家，他们的花鸟画从一开始就显示出与宫廷画的明显区别——简洁、潇洒，有着浓郁的文人墨韵，一望便知与南宋院体花鸟画大相径庭。此风一开，文人花鸟画就开始发展起来。

明清时期，文人花鸟画风行一时。从徐渭到石涛，从朱耷到扬州八怪，等等，大都是愤世嫉俗的文人雅士。他们玩赏花卉，用以陶冶性情，借描绘花鸟去做不求形似的自由写意，表现在图画中便是一种高傲的、不见人间烟火的脱俗气质。

自古以来，历代都有流传关于文人雅士迷恋花木奇石的传闻，比如屈原的爱兰，陶渊明的爱菊，米芾的拜石，周敦颐的爱莲，林和靖的爱梅爱鹤，以及苏东坡、郑板桥的爱竹，反映在绘画表达形式上便是对花鸟主题的喜爱。再加上宋元以降"书画同源"的理论提倡诗、书、画、金石熔于一炉，文人画家追求"意到笔不到""不求形似"的画风，逸笔草草、聊以自娱；到了明清时期，花鸟画在风格与技法上都迎来一个百花齐放的时代高潮。其中，徐渭就是花鸟画坛的一朵奇葩。

徐渭，字文长，号青藤居士，明代文学家、书画家、戏曲家、道家、军事家，他在诗文、戏剧、书画等各方面都独树一帜，自认"书法第一，诗第二，文第三，画第四"。他的才华毋庸置疑，看看他超豪华的"粉丝团"阵容就知道了：郑板桥自刻一印"青藤门下一走狗"；吴昌硕有言"青藤画中圣，书法逾鲁公（颜真卿）"；齐白石则希望给徐渭、八大山人、吴昌硕轮流当走狗——"青藤雪个远凡胎，缶老衰年别有才。我欲九泉为走狗，三家门下转轮来。"

然而这样一位全能怪才，却度过了坎坷破落的一生。有人用"一生坎坷，二兄早亡，三次结婚，四处帮闲，五车学富，六亲皆散，七年冤狱，八试不售，九番自杀，十（实）堪嗟叹"来形容他的一生。也有人把他与西方三十七岁便自杀而亡的梵高相比拟，怀才不遇、纵笔泼墨、焚身似火、半生癫狂、穷困潦倒，天才的悲惨遭遇竟然如此相似——年轻时才华过人、风靡一时，到最后却晚景凄凉，离世时身旁唯有一狗相伴。

漫漫长河中，苦难与狂狷迸发出的巨大能量，化成一股不可磨灭之气。历经人生苦难的徐渭恣情山水、寄情水墨，开创了"大写意"的画法，下笔大刀阔斧，流露出一种豪迈洒脱、纵横睥睨的气度，成为中国"泼墨大写意画派"创始人、"青藤画派"之鼻祖。

明 徐渭《菊竹图》　　　　　　　　　　　　　　　　　明 徐渭《墨葡萄图》

身世浑如泊海舟关门
累月不梳头东篱
蝴蝶间来往
看写黄花过
一秋 天池

半生落魄已成翁
独立书斋啸晚风
笔底明珠无处卖
闲抛闲掷野藤中
天池

这幅《菊竹图》中画一株菊临风挺立，边上杂草丛生，竹梢摇曳。以看上去漫不经心的蘸墨法勾花点叶，然而枯、湿、浓、淡皆宜，错落有致，将大写意的笔墨特色展现得淋漓尽致。自题也十分出彩："身世浑如泊海舟，关门累月不梳头。东篱蝴蝶闲来往，看写黄花过一秋。"他感叹自己坎坷潦倒的身世，如一叶飘荡于大海中的小舟，四顾茫茫，难觅泊岸。

另一幅《墨葡萄图》自题："半生落魄已成翁，独立书斋啸晚风。笔底明珠无处卖，闲抛闲掷野藤中。"画上水墨纵横，肆意泼洒着一颗狂躁的心灵。生活的艰难和精神的痛苦对徐渭有着巨大的影响，看他的画，时时能感受到那种发泄般的力量。

明代可以与徐青藤抗衡、分得一席之地的，还有大名鼎鼎的朱耷。我在读初中时第一次看到他的《荷石水鸟图》便记忆深刻，疏疏落落几株枯荷残叶，一只神情倨傲、翻着白眼的小鸟。这幅画的绘图意境和我见过的画作都大不相同：以往所见画作中的荷花往往是类似"接天荷叶无穷碧，映日荷花别样红"这样秀丽雅洁的格调，在朱耷这里却是枯索冷寂、满目凄凉，小鸟的神态古怪却又十分倔强，令人过目难忘。

和元朝画家赵孟頫一样，朱耷也是前朝宗室，他是明朝皇族江宁献王朱权第九世孙。不同的是，赵孟頫选择了出仕，朱耷却选择了隐逸避世。他装哑扮傻，在门上贴个"哑"字，不与人语；又削发为僧，自嘲为"驴"，"耷"乃"驴"字的俗写。五十九岁时他弃僧还俗，号"八大山人"，直至八十岁去世。

他的花鸟画最有个性，形象奇特，造型简练，画面上一条鱼，一只鸟，一朵花，一棵树，一只果，简简单单，却意象饱满。他创造了一种前所未有的花鸟造

明 朱耷《鱼石图》局部

型，鱼和鸟的眼睛一圈一点，一幅"白眼向天"的神情，以此表现自己孤傲不群、愤世嫉俗的性格。他落墨不多，鸟儿蜷足缩颈，却一副既受欺又不屈的情态；鱼儿多是没水之鱼，正是"如鱼得水"的反义词，直指被敌围困之困境。他画中花押"八大山人"看上去似是"哭之笑之"，"哭之"是为明朝流泪，"笑之"则是嘲笑清朝，作为一种隐痛的寄寓，表达其面对故国沦亡，百般无奈、哭笑不得的心情。

2001年去江西南昌旅游，遇到一个朋友，他知道我喜欢画，大力推荐我去参观八大山人纪念馆。我从市区打车，不久就到了南昌近郊青云谱道院内的纪念馆。那天下午下着蒙蒙细雨，纪念馆里清寂无人，只有一片苍木青翠、曲径幽幽，在那个孤寂冷清的气氛里，我看清了朱耷"哭之笑之"的花押，也读懂了他的孤独和悲怆。

明 朱耷《荷石水鸟图》

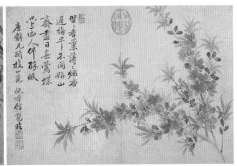

清 恽寿平《花鸟图册》局部

清代的花鸟画进一步大放光彩，变化繁多，而且地位直驾人物画、山水画之上。清中期，以"扬州八怪"为代表的"扬州画派"作品内容新颖，风格独特，名扬画坛。此外，宫廷中的西方传教士带来西洋绘画中的明暗及透视法，形成了中西合璧的独特画风。其中值得一提的画家是清初恽寿平，他开创了以没骨法画花卉的画风，被誉为"画苑正统"。

"没骨法"是"不用勾勒，则染色无所依傍"之法。恽寿平根据花卉的特性、生长季节和时间变化，恰当地采用水晕的表现手法，从湿润到枯竭，色与水交替晕染，一花一叶，浑然天成，活灵活现，又鲜艳动人。

恽寿平的一生都在动荡、穷困、贫病中度过，尤其是其父亲去世之后，家境更为困顿，他又常常卧病，为了生活和支付租赋，唯有卖画。但难能可贵的是，在他的作品中看不到困顿绝望之苦，也毫无凄苦悲伤之状，尤其他的花卉，妍丽多姿，富贵雍容，与他的生活处境形成鲜明的对比。我想这便是艺术家的高尚所在，他似乎一生都在用自己的困苦浇灌美丽，心有多美，画就有多美。

近现代——深入生活，题材广泛

近代以来，中国花鸟画仍然继承了借物比兴的美学传统，但在这个新的时代里，创作目的却由借梅、兰、竹、菊喻君子之品德转向以烂漫山花陶赏大众。来自民间的齐白石，更成为花鸟画家的榜样。乡间稼禾、农村风物入画，成为艺术家的情感转向农民大众的典型表现。

齐白石（1863—1957），原名璜、纯芝，字渭青，别号白石山人，湖南湘潭人。他出身贫寒，后来从民间画工入手，学诗文书法，游山川名胜，成为诗、书、印、画全入神品的奇才。新中国成立后，这位草根画家被中央文化部授予"人民艺术家"称号，1956年被世界和平理事会授予国际和平奖，1963年还被推举为"世界文化名人"之一。

齐白石主张艺术"妙在似与不似之间"，他师法徐渭、朱耷、石涛等人，形成独特的大写意国画风格，人们将他与吴昌硕并称"南吴北齐"。他将纯朴的民间艺术风格与传统的文人画风相融合，画作热烈、诙谐、有趣，雅俗共赏，蕴含着生命的智慧和生活的哲理，确立了齐派风格在中国画坛上的历史地位。毛泽东说："我也是齐白石艺术的爱好者。"就算是与他同时代的毕加索，也对他拜服："我不敢去你们中国，因为中国有个齐白石。"

农民出身的齐白石，对稻麦、玉米、棉花及蔬菜、果品等农作物以及各种虫草，有着极深的感情。他在庭院里种植花卉果木，繁养昆虫，时时注意花草鱼虫的特点，揣摩它们的形态、精神。他所画的白菜、辣椒、南瓜、萝卜、稻穗、莲蓬、青蛙、蝌蚪、蚱蜢、蜻蜓、蝗虫、飞蛾、螳螂、蝼蛄、老鼠、虾蟹等，在传统绘画中很少出现，在他的画笔下，这些极平凡的东西变成了极不平凡的珍贵艺术品。

白石老人的绘画，过去俗称有三绝——虾、蟹、鸡；三绝之中，又以虾最为神妙，无人匹敌。"塘里无鱼虾自奇，也从叶底戏东西。写生我懒求形似，不厌声名到老低。"他巧妙地利用含水量适当的笔墨在宣纸上渗化的效果，使虾身表现出透明感，还把虾在水里游动的动作、神态表现出来。在他的笔下，一只只空灵通透的虾跃然于纸上，虽寥寥数笔，却被赋予了一种活泼的朝气与生命力，画中一笔水也不画，却又能体现出是水中游曳之虾，活灵活现，令观者叫绝。

下面这幅《公鸡大白菜》，呈现出白石老人的另一绝——大公鸡，和一棵大白菜。他生于"糠菜半年粮"的穷人世家，念念不忘"先人三代咬其根"，认为"菜根香处最相思"。当年白石老人曾为其大白菜图题句"牡丹为花中之王，荔枝为果之先，独不论白菜为蔬之王，何也？"于是大白菜"菜中之王"的美称不

现代 齐白石《公鸡大白菜》　　　　　现代 齐白石《双虾图》

胫而走。

　　齐白石既不是一位传统意义上的文人画家，其作品也不属于工笔画的范畴。老人的每一幅花鸟画，都洋溢着健康、欢乐、诙谐、倔强、自足和蓬勃的生命力，既不同于从前刻画细腻、雍容华贵的院体画，在精神上也脱离了消极避世、超然孤寂的文人画取向。在由文人画统领了数百年的中国画坛，他以一个农夫的质朴之情，以一颗率直天真的童子之心，运文人之笔，开创出文人画坛和画工画坛都前所未有的境界，得到了传统文人阶层和广大平民百姓的交口称赞，也开创了现代花鸟画的新局面。

全图

局部放大图

现代 齐白石《虫草册页》局部

宋徽宗赵佶曾在作品《腊梅山禽图》上题写了一首诗："山禽矜逸态，梅粉弄轻柔。已有丹青约，千秋指白头。" 他曾经沉醉于创立一个艺术王朝，最后歌舞升平的梦想却被现实击碎。中国花鸟画也从一开始充满装饰意义的画种慢慢衍生演变，从最初极尽心力的写实、写真，再到后来的重情、写意，渐渐地画家把他的心绪和情思融入到画中那些无意识的花草、翎毛之中，通过花鸟画创作表现出更多的技巧与创意，传达出更深的思想和情感，绘画精神得以与时代气息相融会贯通。千百年来，绘画作品中的花鸟世界，那些清隽的水石树草，那些秀雅的梅兰竹菊，那些灵动的虫鱼禽鸟，唤起我们对自然和生活的热爱和追求，使我们品味出感人灵魂的美的意境，追寻到情感上的共鸣和满足，万物生长，绵延不息。

作为一名爱花人士，我曾经学过一段时间的插花。现在日常生活中最多见的是西式插花，家中大花瓶中插一大束饱满、密集的花束，显得华贵又热烈。如今的西式插花横行天下，然而早在一千多年前的中国，插花已经盛行一时，成为上至王公贵族下至平民百姓都很喜爱的一项活动。插花作为一种美丽又高雅的艺术形式，为文人雅士大加追捧，宋代张明中曾说"折得蒸红簪小瓶，掇来几案自生春"，张耒说"疏梅插书瓶，洁白滋媚好"，画家们也屡屡把插花艺术作为绘画的中心命题。经历过历朝历代不同的生活背景和生活方式，中式插花也随之形成过各种各样不同的风格，然而归众为宗，都只有一个中心，那便是中国人对于"品味"与"意趣"的追求。而我想探求的是，在中国古代社会千百年的发展史里，那放置在文人书斋中的一瓶小小花束，伴随着书斋的主人，经历过怎样的风云变幻、世事变迁呢？

先秦魏晋：稚拙古朴

爱美是人类的天性，如同小孩子看到鲜花就不由自主地去采摘、插戴，早在上古时期，我国民间就已有原始的插花意识。《诗经》中写"维士与女，伊其相谑，赠之以芍药"，说的是古代的青年男女把芍药花折下来赠予对方，表达爱慕之情。

魏晋南北朝时期，随着佛教的传入，原始插花与佛前供花的佛教礼仪相结合，这是我国插花发展的初级阶段。据《南史》载，"公元5世纪时，有献莲华供佛者，众僧以罂盛水，渍其茎，欲华不萎"。如此便出现了以瓶插为主的插花形式——瓶花。这佛前供花，也是有关插花最早的文字记载，距今已有一千六百多年。

这一时期，插花也随之开始有了简单的艺术表现形式，把花枝置于盘中、瓶中或直接拿在手中，不仅可以赏玩，还可以此传情。晋代陆凯有一首诗："折花逢驿使，寄与陇头人；江南无所有，聊赠一枝春。"北周庾信也有《杏花诗》："春色方盈野，枝枝绽翠英；依稀映村坞，烂漫开山城；好折待宾客，金盘衬红琼。"这些折梅赠友、花入铜盘宴客的例子，充分说明了这一时期插花已成为人们生活的一部分，虽然还谈不上什么构思、造型、花材组合等，但已然表现出一种稚拙、古朴和自然的审美风貌。

隋唐五代：追求繁复

真正的插花，在隋唐时期开始出现。

隋朝结束了长达三百多年的南北分裂局面，作为一个兴盛的王朝，政治统一、经济繁荣，从而带来了各种文化艺术形式的蓬勃发展，花艺也随之兴盛起来。由于君王提倡，文士尚雅，仕女爱花，处处呈现一派争奇斗艳的盛况，举国都有以花会友、寄情花木之风。唐代"春日踏青寻芳"蔚然成风，正如诗人韦庄《长安春》中描写的："长安二月多香尘，六街车马声辚辚；家家楼上如花人，千枝万枝红艳新；帘间笑语自相问，何人占得长安春？"白居易《卖花诗》中也写道："帝城春欲暮，喧喧车马度；共道牡丹时，相随买花去。……水洒复泥封，移来色如故。家家习为俗，人人迷不悟。"

与此同时，佛教盛行，佛前供花也十分普遍，于是深山古刹皆花影婆娑。唐代卢楞迦所绘《六尊者图》中，一罗汉翘足而坐，身旁置一竹制花几，上有花缸插两朵牡丹，花色纯白清雅。佛前供花，以花为道，可感受福德轮回，善因佛果。

值得一提的是五代时期。这是我国历史上分裂动乱、历时短暂的时代，但它在文化艺术史上却是一个特殊的阶段，不仅在绘画艺术和诗词方面呈现出光辉灿烂的景象，在插花艺术上也取得了很多成就。

唐 卢楞迦绘《六尊者图》局部

比如，五代张栩曾将其钟爱的七十一种花卉列为"九品九命"，把兰、牡丹、腊梅、荼蘼、紫风流列为一品。后来的明代张谦德也继承了九品九命之说，只是花的品种有所改变。此外，南唐政治和文化大咖韩熙载亦推出"五宜"之说："对花焚香，有风味相和，其妙不可言者。木犀宜龙脑，酴醿宜沉水，兰宜四绝，含笑宜麝，蔷卜宜檀。"即依照不同的花材配置不同香料的焚香，风味相投，相得益彰。于是人们对插花的欣赏进入一个新的境界——香赏。这种欣赏方式一直盛行到宋元二代。

作为历史上与宋徽宗赵佶齐名的两大帝王级诗人、艺术家，另一位南唐大玩主李煜这次也没落下，他发明了一种叫作"锦洞天"的插花形式。宋陶毂（就是被韩熙载用美人计戏弄过的那位宋使臣）在《清异录》中记载："李后主每春盛时，梁栋窗壁，柱栏阶砌，并作隔筒，密插杂花，榜日'锦洞天'。"虽然没能留下关于这种盛景的画作，但据文中所述，是在周围墙壁栏杆甚至天花板上都密密麻麻插满了花，与后世崇尚简约的审美大有不同。但"锦洞天"作为历史上第一次定期的、有规模的插花展览，其自由插作的形式是前所未有的。这样看来，可以说李煜是以其一国之君的任性引领了插花界的新潮流。

这种崇尚堆砌、夸张、繁复的审美观表现在绘画上，便形成了五代时期花鸟画的一大画种——"铺殿花"，又称"装堂花"，是当时传为"黄家富贵、徐

熙野逸"的著名画家徐熙被李后主召入宫中特别创作的。《图画见闻志》中记载："江南徐熙辈，有于双缣幅素上画丛艳叠石，旁出药苗，杂以禽鸟蜂蝉之妙，乃是供李主宫中挂设之具，谓之铺殿花。"可惜徐熙的"铺殿花"已经失传，好在我们通过传世的北宋画家赵昌的作品《岁朝图》可作一窥。

这也是我国传世作品中最早的"岁朝图"。画面的构图十分特别，只见繁密交错的花朵和湖石密密麻麻地布满整个画面，不留一点空隙，令观者只觉得眼前一片花团锦簇，鲜艳热烈，正像是南唐的"铺殿花"隐匿于历史长

北宋 赵昌《岁朝图》

河中不经意的光芒一闪，又让人想起南唐李后主插花所用的"锦洞天"。画中，那画工细腻的山茶、梅花、水仙和长春花，色彩明丽，富丽堂皇，呈现出一种夸张的视觉效果，显现出一种旺盛的生命力，如火如荼，光彩夺目。

宋代：崇尚简约

宋代无疑是我国插花发展的繁荣时期，商业发达，文化昌盛，使得举国上下，从宫廷到民间，各种花事活动都超越了前代。

宋代的花卉种植业有划时代的进步，培植出各种奇花异卉。无论是盛产牡丹名花的北宋洛阳，还是气候温暖湿润的南宋临安，都是适宜花卉种植的好地方。在宋代的城市中，卖花小贩穿行于大街小巷，叫卖之声处处可闻，种花、赏花、插花之风流行一时。欧阳修《洛阳牡丹记》写道："洛阳之俗大抵好花，春时，城中无贵贱皆插花。"可见彼时爱花、插花的现象已经普及到"勿论贵贱"，而且洛阳城中每到春天都要举行盛大的花会和插花比赛，热闹非凡。

在《东京梦华录》中，宋人孟元老描述了汴京清晨的卖花情景："是月季春，万花烂漫，牡丹、芍药、棣棠、木香，种种上市。卖花者以马头竹篮铺排，歌叫之声，清奇可听。"李嵩的《花篮图》描画的正是摆放在"马头竹篮"里的四季花卉。

存世的《花篮图》有三，一藏北京故宫博物院，一藏台北"故宫博物院"，一藏日本。三者表现手法一致，唯花篮编法和篮中花卉有别，推测这套《花篮图》应有春、夏、秋、冬四幅，现藏画里少了秋季花卉图。藏北京故宫者，篮中为盛开的蜀葵、百合、栀子花和石榴花，正是热情绽放的夏季花卉，可以看出作者根据花材的色彩和大小精心安排了主次位置。小小的花篮折射出宋代民间一年四季的繁花似锦，不知道那千年前的青石小巷中，有谁曾拎着这只竹篮沿街卖花？

"卖花声，卖花声，识得万紫千红名。与花结习夙有分，宛转说出花平生。"那响彻宋代都城大街小巷的卖花声，成为曾经宋代政权繁荣昌盛、人民安居乐业的一种象征。2000年我行走于苏州小巷，还见到有阿婆提着小竹篮叫卖栀

南宋 李嵩《花篮图》（故宫博物院藏）

子花、白兰花和茉莉花，那悠长绵软的声韵，至今仍留在耳边，回想起来不免
怅然。

　　这幅《胆瓶花卉图》签题姚月华作，上有宋宁宗（1195—1224）题诗，作者大概是宁宗时代的一位女画家。诗人杨万里曾在《瓶中梅花》中写道："胆样银瓶玉样梅，北枝折得未全开。为怜落寞空山里，唤入诗人几案来。""胆样银瓶"即"胆瓶"，顾名思义，胆瓶长颈、鼓腹，形如垂胆，四周配上木架子，可以增加稳定性。这幅画里瓶中插的是几枝菊花而非梅花，却可以让我们一窥宋代文人书斋几案上的风景。大胆地结合上文中所写设想，将铺排于竹篮中的折枝花卉

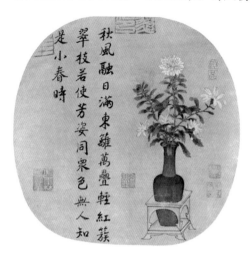

南宋 姚月华《胆瓶花卉图》

买回家，选"胆瓶"贮水养之，置诸案头，数日既谢，易而换之，所费无几，却能增添许多生活情趣。

最华贵的插花当属宫廷插花。宋代宫廷插花、赏花别具一格，每逢佳节均有应景插花装饰，尤其宴会餐桌上，在每一菜肴之间都摆放一瓶四面可观的插花作品，宾客则醉饮其间。

宋徽宗尤其喜爱插花，传说由他绘制的《听琴图》，描绘的正是他在松风竹韵中面对着一瓶花抚琴弄弦的画面。我们看看这瓶插花是怎样一种形式：一枝桂花插在一只古铜鼎里，供呈在一块玲珑石上，不杂不乱、不蔓不枝，有古鼎、奇石互为映衬，有香薰、琴声互相呼应，营造出一种幽美、优雅、清静的氛围，简约又不失格调。宋徽宗的审美崇尚简约，现代审美称之为有高级感，相比之下，南唐李煜的"锦洞天"大概算是"土豪金"了。

《宋人人物册》中的这幅作品描绘的则是一位文士安坐于榻上，一手执笔一手拿着册页正要书写的情景。文士身旁陈设琴、棋、书、画，左边小风炉上正在

北宋 赵佶《听琴图》局部

宋 佚名《宋人人物册》

清 丁观鹏《乾隆帝是一是二图》

烹茶，一名童子正手执酒壶倒酒。榻后有座屏风，屏风上画的是宋代花鸟画作品《江洲芦雁图》，其上悬挂着这位文士的写真画轴。而正对着文士前方的是一束插放在古鼎中的红、白双色大花。此画形制与《听琴图》有几分相似，似乎正是上行下效的典型表现。宋朝出了几任追求优雅艺术的皇帝，普通文人也跟着讲究雅致，从最初提出的烹茶、焚香、插花、挂画等"生活四艺"，又发展到"琴、棋、书、画、诗、歌、茶、酒、花"等"生活九艺"。遥遥看去，宋人的生活哲学如此雅致、如此惬意，令人羡慕不已。

乾隆皇帝对这幅画十分喜爱，甚至命宫廷画家丁观鹏仿照此画创作了一幅《乾隆帝是一是二图》（又名《弘历鉴古图》），上书"是一是二不即不离儒可墨可何虑何思"，实质上也可以反映出乾隆对宋朝艺术的仰慕。

明代：瓶花盛行

元代汉族文化遭到践踏，文人生活跌入低谷，对于风花雪月的兴致大不如前，所以插花活动衰蔽凋零，发展几乎停滞，在绘画中的表现、诗词文献中的记载也少。到了明代，插花艺术再度复兴，一度达到鼎盛。

由于文人的积极参与，明代的插花已从一般的娱乐性质上升到学术性质，渐渐地建立了一套比较完整的理论，不仅形成了完备的插花艺术体系，并且有了完整的插花专著，这便开创了文人插花的传统。其中，开风气之先的是高濂的《瓶花三说》，而最为人所称道的是张谦德的《瓶花谱》与袁宏道的《瓶史》，被誉为中国插花典籍中的"双璧"。其中袁宏道的《瓶史》传至日本后，引起日本花道界的轰动，并发展成为"宏道流"。

这一时期的插花，已经完全上升到理论水平，不仅对花材的选择和处理、花性认识、保养方法、插花风格、构图技巧等方面各有讲究，还总结出一系列的赏花之道。

袁宏道在《瓶史》序中谓之："夫幽人韵士者，处于不争之地，而以一切让天下之人者也。……以胆瓶贮花，随时插换。京师人家所有名卉，一日遂为余案头物。无扦剔浇顿之苦，而有赏咏之乐。……"插花因为易得易赏，成为以"幽人韵士"自居的明代文人"幽栖逸事"中最重要的项目。文人插花非常讲究环境、时机与氛围。如陈继儒在《岩栖幽事》中写道："瓶花置案头，亦各有相宜者，梅芬傲雪，偏绕吟魂；杏口姣春，最怜妆镜……"而在审美情趣上，文人插花注重花卉的品位。张谦德在《瓶花谱》中仿照五代张栩根据官阶运用九品九命来品鉴花卉的优劣，爱之以德，见之情性，已经上升到依人性来品赏花卉的高度。

有意思的是，袁宏道认为香赏是在残害花命，直接推翻了五代韩熙载提倡的焚香赏花的调调，还提出"茗赏者上也，谭赏者次也，酒赏者下也。若夫内酒、越茶及一切庸秽凡俗之语，此花神之深恶痛斥者"——认为以品茶相佐最能达到赏花的最高境界，交谈赏花属于次等，至于饮酒赏花，酒醉后意兴模糊，简直是下等了，直接打脸宋代欧阳修所说的"我欲四时携酒赏，莫教一日不开花"。

明 陈洪绶《南生鲁四乐图》之《逃禅》

明 陈洪绶《品茶图》局部

在明代画家中，我认为陈洪绶最得袁宏道插花理论精髓。对比两人，袁宏道著成《瓶史》时，陈洪绶才一岁，俩人年龄相差三十岁，却同是爱花痴。陈洪绶性情放达不羁，有名士之风，"四艺"样样精通，插花之艺自然不在话下。在他的画作中，有很多插花作品，画作中所展现的插花方式、选用的花目、所用的器皿等和《瓶史》所述十分契合。

据《瓶史》所记，古器对花有滋养作用，且古董的含蓄和斑驳，恰能够衬托出鲜花之妍丽，书中将这些花器称为"花之金屋精舍"，实在贴切。从现代

明 陈洪绶《博古图》《瓶花图》

科学角度看，古铜器表面因水和二氧化碳长期侵蚀而形成的铜绿，具有杀虫、杀菌和防腐的作用；同时，铜瓶插花，水不易变质，而且还可以提供铜离子作为营养。陈洪绶插花就十分喜欢用高古花器、青铜觚觯。此外，宋朝的钧哥定汝窑，还有琉璃大瓶等，都曾经在他的画中出现过。这也和晚明风尚分不开，当时文人基本都是文物爱好者，倡导博古聚精，养神长德。

另外，袁宏道还十分讲究观赏瓶花的周边环境和氛围，将瓶花置于合宜的时空之中，在雨后、树荫、竹下、华堂等不同场景下，欣赏一朵花从结苞、盛开到萎凋垂落的过程，这完全成为一整套行为艺术了，也难怪讲究仪式感的日本人会把《瓶史》奉为神作了。而陈洪绶则以画作还原场景，他的画中高士禅坐、品茶、饮酒、读书、抚琴时，必有瓶花在侧，鲜花做伴。因此，读《瓶史》时看老莲画，看老莲画时读《瓶史》，两者结合，便可管窥明朝时的插花风尚。

高濂曾经在《遵生八笺·起居安乐笺》里描述书斋陈设："左置榻床一，榻下滚脚凳一，床头小几一，上置古铜花尊，或哥窑定瓶一。花时则插花盈瓶，以集香气；闲时置蒲石于上，收朝露以清目。"简单清朗的陈设，古朴素雅的插花，是明代文人的内心写照，也是他们追求的理想人格的象征。而陈洪绶画作与《瓶史》的契合，正体现了那个朝代文人集体对于精神层面的执着追求。

清代：雅俗共赏

在清代，各种花事活动依然活跃，特别是盆景艺术蓬勃发展，十分盛行；到了中后期，民间插花十分普及，且与民俗结合更加紧密，进入"雅俗共赏"的审美时期。

清代插花特别讲究寓意：人们将花材寓意应用于插花之中，在选用花材时喜欢"材必有意，意必吉祥"。比如牡丹与玉兰组合，寓意"玉堂富贵"；牡丹与海棠组合，寓意"富贵满堂"；牡丹与竹叶或苹果组合，寓意"富贵平安"；牡丹与莲叶花组合，寓意"年年富贵"；瓶插牡丹、如意配果盘，寓意"富贵吉祥""平安如意"；等等。

清代宫廷画家郎世宁的画作，以西方静物画的画法描绘中式插花，中西结合，将清代花事色彩花哨的特征表现得淋漓尽致。

在插花艺术的影响下，中国绘画产生了一种类似于西方静物画的"清供"画。清供有两层意思：一是指清雅的供品，如松、竹、梅、鲜花、香火和食物；二是指古器物、盆景等可供玩赏的物件，如文房清供、书斋清供和案头清供。清供发源于佛像前之插花，最早为香花蔬果，后来渐渐发展成为包括金石、书画、古器、盆景在内的一切可供案头赏玩的文物雅品。清供是借助摆放案头

清 郎世宁《午瑞图》

之物表达主人的精神意趣，因此上至宫廷官府、文人墨客，下至街头坊间、平民百姓，都对此十分喜爱。每逢重要节气，人们都会精心布置清供以表达美好祝愿，因而产生了岁朝清供、端午清供、中秋清供等各种形式，其中以岁朝清供最为隆重，因此成为画家们青睐的主题。

"岁朝"即正月初一。是日，以鲜花、蔬果、文玩供于案前，呈现出一片春意盎然，以求新年好运，被称为"岁朝清供"。据说，清代皇宫中，每逢新春，

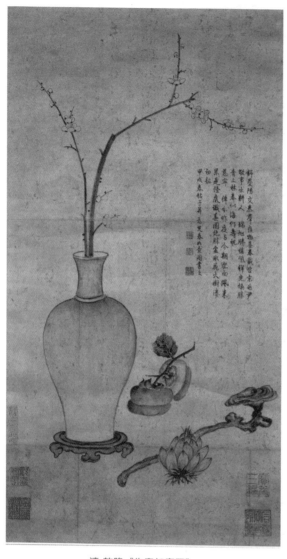

清 乾隆《先春如意图》

宫廷画师们便要按时呈交"年例画"以供宫室春节点缀之需；擅长绘事的皇亲贵胄、朝廷众臣也要进贡画作；甚至皇帝本人也会在大年初一这一天举行"开笔式"，亲自绘制"岁朝图"，以表达新年的喜悦和祝福。

乾隆皇帝作于乾隆十九年（1754）的《先春如意图》工笔设色，图中以"梅"寓意先春报喜，以"瓶"寓意平安，以"百合"寓意祥和，以"如意"寓意吉祥，以"柿"寓意事事如意。百合、柿子、如意组合起来的意义就是"百事如意"。

清代宫廷画家沈振麟曾被慈禧太后赐御笔"传神妙手"匾额，其创作的这幅《清供花篮图》亦取自宫廷习见的题材，寓意吉祥。画中对各色花朵榴实的处理，显示出画家在传统花鸟画方面的深湛功力，似乎还可以从中看出宋人《花篮图》的影子。

在清代宫廷的影响下，民间也十分流行"岁朝清供"。画家于春节绘制一幅《岁朝清供》图自娱或馈赠亲友，成为画界雅事，在当时也是一种风尚。据说吴昌硕每年都会画《岁朝清供》图，他在《缶庐别存》中有一段记载："己丑除夕，闭门守岁，呵冻作画自娱。凡岁朝图多画牡丹，以富贵名也。予穷居海上，

清　沈振麟《清供花篮图》　　　　　　　清 吴昌硕《岁朝清供》

一官如虱，富贵花必不相称，故写梅，取有出世姿；写菊，取有傲霜骨。读书短檠，我家长物也。"他认为牡丹艳丽，是富贵之花、喜庆之花，而梅花有玉壶冰心，是孤傲之花、隐逸之花，恰似画家在除夕热闹中感受到的清冷和飘逸。正因为画中表达出如此的文人志向，吴昌硕的《岁朝清供》图才备受文人们追捧。

　　与虚谷、吴昌硕、任伯年合称"海派四杰"的蒲华，其创作的这幅《清供图》内容尤显文人趣味。湖石、兰花、竹、菊铺陈一处，却杂而不乱，间以几丛天竹、牡丹，敷色艳而不妖，清而不寡，朴而不拙，浓淡轻重配搭得宜，毫无媚世态，更见一种文人自适风度。

　　当时，"岁朝清供图"的主角多能迎合世俗需要，又不失文人雅趣，比如：竹子意为"竹报平安"，又寓示高风亮节；菊花、松柏、灵芝等则有"长寿"之

清 蒲华《清供图》

意，又有"岁寒三友"之韵味；常常出现的柿子、橘子、荔枝、石榴、仙桃、白菜，分别寓意"如意、吉祥、顺利、多子、长寿、清白"等；蝙蝠、喜鹊、鹌鹑、公鸡、羊，分别寓意"福来、报喜、丰足、大吉、吉祥"。将这些蕴含深意的花鸟引入"岁朝清供图"，使得雅俗共赏的审美趣味异常突出。吴昌硕、蒲华、赵之谦等画家所创作的"清供图"中，敷色古艳，既有文人雅兴，又有世俗情调，两者结合，趣味盎然。

曾经看过一个故事：乾隆年间进士黄钺，幼孤且贫，后经一番奋搏，官至尚书。功成名就时，除夕夜与妻叙旧，回忆起当年落魄时"百钱买春，便可足岁"，于是画了一幅《岁朝图》并赋诗抒感："佳果名花伴岁寒，尊前无复旧时酸。须知一饭皆君赐，画与山妻稚子看。"借一幅《岁朝图》，抚今追昔、忆苦思甜，勉妻教子，保持风节，不忘寒门家风，颇有"不忘初心、方得始终"之意。

汪曾祺曾在其散文《岁朝清供》中写道："水仙、腊梅、天竹，是取其颜色鲜丽。隆冬风厉，百卉凋残，晴窗坐对，眼目增明，是岁朝乐事。"北方的寒冬，寒风凛冽，百花凋谢，枯守在家中多少有些冷寂，所以摆放几样新鲜花果作为"岁朝清供图"，便可增添几分喜庆色彩。"谁言一点红，解寄无边春"，一幅幅"岁朝清供图"为我们记录下点点春色，让人窥见古人对于生活的热爱与珍重。

无论是千年前的相赠亲友以示爱意的折花枝，还是静默立于文人书斋一角的瓶花，抑或是岁末喜气洋洋、花团锦簇的清供花，无不表现出古人对自然的感激敬爱和对生活知足珍视的态度，至今仍令人无限向往。中国插花之父黄永川先生曾说："在一瓶花里见天地，那么简单又如此复杂。"简简单单一束花，包含着生生不息的生命契机与内涵。天地万物，花事心事，皆是如此。

清 赵之谦《岁朝清供》

古画风雅

—— 宋人·春天

花开堪折直须折

在穿越文异常火爆的今天，据说，当人们被问到"最愿意生活在哪个朝代"时，答案多是宋朝。

宋太祖留下"不得杀士大夫及上书言事人"，"子孙有渝此誓者，天必殛之"的"誓牌"，宋代历朝皇帝都严格执行这一祖训。宋朝不像清朝，它没有文字狱，官员们不会因为说错话写错字而掉脑袋、全家抄斩、灭门九族甚至十族；宋朝也不像明朝，它不靠低薪酷刑来养廉，使官员一个个上顾着脑袋下瞅着家里的锅盖，过得苦哈哈的。宋朝的文人地位很高，文官的生活待遇非常好，出手也

北宋 张择端《清明上河图》局部

都非常阔绰。南宋的辛弃疾，在绍兴做浙东安抚使的时候，有一个流浪文人跑去打秋风，他可以一口气甩出杭州城外钱塘江边的上千顷良田送给人。宋朝的皇帝出了好几个画家，尤其是宋徽宗，身为一国之君，不仅自己以身作则尊重诗词歌赋书画等文学艺术创作，而且还亲力亲为引领时尚潮流——他填的词、他写的书、他作的字和画，甚至他监制的茶具瓷器，他开创的审美style，直到现代仍是影响着中国艺术的No.1。

宋朝由上而下都是一个最讲究精致生活的朝代，即便是寻常百姓，日子也过得有滋有味，红红火火。所以普通人也乐意穿越到宋朝生活，小说《知否？知否？应是绿肥红瘦》虚构了一名现代小书记员穿越到宋朝变成贵族人家庶女的故事，风靡一时，拍成电视剧还很火爆。宋朝，中国社会市民阶级初步产生，大批的手工业者、商人、小业主构成了社会的中产阶级，经济的富足促成了宋朝文化的高度繁荣，戏曲、杂技、音乐、诗歌、小说等领域都留下许多不朽杰作。宋朝不像唐朝一样实行宵禁，宋人有夜生活。一到夜里，城市里灯火通明，饮食店铺生意兴隆，市民们集中在"瓦子""勾栏"等固定娱乐场所观看百戏伎艺竞演。北宋张择端所作《清明上河图》便为我们展铺开一幅12世纪北宋首都汴京城市面貌和各阶层人民生活状况的市井图画：一条宽敞的大马路，两边是茶坊酒肆肉

铺，商店里有绫罗绸缎、珠宝香料、香火纸马，也有医药门诊、看相算命、大车修理、修面整容；街市行人摩肩接踵，有骑马的官吏、闲逛的士绅、做生意的商贾、叫卖的小贩、乘轿的大家眷属，还有豪门子弟、外乡游客、街巷小儿、三教九流，热闹非凡，无所不有。

宋人是幸福的，周密在《武林旧事》里记载，"都民素骄"（都城里的人民素来娇惯）：住房有公家的廉租房，有时候皇帝佬一高兴，一年都不用交一个子儿；病了有施药局；生下孩子养不起，有慈幼局；年龄大了又没有儿女依靠的，可以到养济院（相当于养老院，而且免费）；一年四季还有各种各样的"政府红包"，皇室成员降生、祈晴请雨、祈雪求瑞、日食、雪寒、久雨久晴，居民不易，都要发一通钱，生活当然优越。

富庶优越的物质条件使宋人的生活美学意识浓厚，他们一门心思地揣摩生活，琢磨生活，研究生活，让平静无趣的时间长河，翻腾出撩拨心弦的激湍，将生活中的言行举止，都化为令人叹为观止的艺术，一切严肃的主旨和仪式都可以呈现出繁华锦绣的宏丽意象来。他们在一年十二个月中，把每月众多的节日全都标注出来，准备好庆贺的吃穿用度，真心真意，一本正经地抒发自己的情怀，感慨生活的美好：正月孟春天街观灯、湖山寻梅、揽月桥看新柳；二月仲春赏瑞雪、赏杏花、南湖泛舟；三月季春寒食祭先扫松、清明踏青郊行，还有观笋、赏花、煮酒、斗新茶；四月孟夏赏新荷、看荼蘼、观杂花；五月仲夏观鱼、摘瓜、解粽、尝杨梅；六月季夏西湖泛舟、竹林避暑、赏荷、食桃；七月孟秋乞巧、观稼、观云、剥枣；八月仲秋湖山寻桂、赏秋菊、观潮、赏月、攀桂；九月季秋登高把萸、采菊、尝巨螯香橙；十月孟冬围炉、挑荠；十一月仲冬孤山探梅、赏水仙、削雪煎茶；十二月季冬赏雪、试灯、起建集福功德……种种热闹，说也说不完。

阳春三月，初暖花开之际，且让我们跟着宋人的脚步，走进春天。

这时节，春和景明，万物复苏，大地一片生机益然，正是四季里最适合外出赏花、踏青、访友的季节。"春日游，杏花飞满头。陌上谁家年少，足风流？"春游是我国古代民间一种由来已久的娱乐活动。早在《论语·先进》中就提到，"暮春者，春服既成，冠者五六人，童子六七人，浴乎沂，风乎舞雩，咏而归"——暮春三月，穿上春衣，约上几个成人、几个孩童，沐浴、吹风、唱歌、舞蹈，惬意得很，孔子十分赞赏。到了宋朝，热爱生活的宋人更将春游奉为一种风尚。

宋人的春天，在夏圭的《西湖柳艇图》里缓缓打开。江南的春天，有暖风熏得游人醉，也有吹面不寒杨柳风。远处，一片云霭浮动，烟雾迷蒙；中景，桃花

南宋 夏圭《西湖柳艇图》

盛开，柳树成荫，柔嫩的枝条在和煦的春风里舞动身姿，春意盎然，风情万种；近景正是"最爱湖东行不足，绿杨阴里白沙堤"，堤上柳暗花明，岸边酒馆、茶楼错落分布，游人坐在临湖的窗边，一边饮酒品茗，一边观赏窗外湖景。湖中，几只游船往来于水面之上，那是悠闲舒适的游人们坐在船上探寻春日的消息；另一处，一只渔舟正往湖水深处划去。船公各自忙碌，游人怡然自得，好一派繁荣热闹的景象。

把这片春日出游的景象拉近来看，也许能看到下面这幅《山径春行图》中描绘之景。一名儒雅的文士正漫步于春日山径间，一名抱琴小童紧随在后，正要寻个好地方鼓琴赏景。溪旁的柳树，抽出了细柔的新芽，引来了一对黄莺，在枝梢上愉悦地鸣唱着。这样的春景，是程颐笔下的"云淡风轻近午天，傍花随柳过前川"，是欧阳修所写的"红树青山日欲斜，长郊草色绿无涯"，也是宋祁的"绿杨烟外晓寒轻，红杏枝头春意闹"。眼前春意令人迷醉，使得文士不由得捻须微笑，衣袖触动了野花，野花轻扬飞舞，惊动了正在鸣唱的鸟儿。据说，这幅画正是南宋宫廷画家马远根据宁宗皇帝的题诗"触袖野花多自舞，避人幽鸟不成

南宋 马远《山径春行图》

啼"而创作的一幅抒情小品。

接下来，画中的这位文士正要到何处去呢？下一幅画，马远《春游赋诗图》（又名《西园雅集图》）局部1似乎为我们揭开了谜团。原来，春光正好，他缓缓走来，似乎正要赴一场文人雅集。

自从东晋永和九年（353）暮春时节那一场兰亭修禊，王羲之留下"天下第一行书"《兰亭集序》，成为历史上流传千古的雅事之后，后世文人都十分推崇文人雅集。北宋时，才子兼驸马都尉王诜曾在府中花园"西园"举办雅集，马远《春游赋诗图》局部2中所绘正是这一雅集的景象：正当春日，园中柳条飘拂，新竹摇曳，溪水潺潺，小桥连岸。古松下的案桌前，围坐的文人学子即兴赋诗，一人执笔而书，这般雅趣还吸引了妇人和孩童前来观摩，一派欣喜景象。比起东晋的兰亭修禊，宋人的雅集更加乐观积极，有诗意、有情趣，也不失生活气息。

南宋 马远《春游赋诗图》局部1

南宋 马远《春游赋诗图》局部2

辑三 活色生香

151

宋 佚名《田垄牧牛图》

宋 佚名《柳塘呼犊图》

再把目光放远些，看看郊野乡村的景色吧。在这幅《田垄牧牛图》中，只见一条小河横贯而出，一边是远山和绿树，一边是纵横的阡陌，稻田里长出了绿油油的禾苗，一位牧人正牵着牛儿怡然自得地信步走在田埂上，牛儿昂首朝天，似乎也因为周围那怡人的春意而变得欢快起来。

再看《柳塘呼犊图》，那柳树下一片绿草茵茵，一阵风来，将柳絮吹得犹如满天纷飞的绿雪。树下一位驼背的老牧人，正倚着木杖打盹。牛喝足了水，迎着风，使尽全力，"哞——哞——"地叫着，像是要唤醒老牧人，又像是在呼唤因为顽皮贪玩跑远不见的小牛犊："该回家啦！"

画面中弥漫着一派自然、和悦的气息，农耕和放牧的画面是这样的赏心悦目，表现出一种现实主义与浪漫主义的完美统一。七百年前的天空之下，牛儿们温顺可爱，牧人们神态怡然，洋溢着一种人情化的天伦之乐，传达出一种乐观豁达的精神境界。我们仿佛也跟着画中人一起呼吸着大自然的新鲜空气，体验着人与自然无间的和谐。

结束了一天的劳作，农民们也该去参加娱乐活动了。李唐《春社醉归图》呈现的正是这样一幅图景：傍晚时分，夕阳西下，春社散去，这时一名喝醉的老翁在家人的搀扶下骑坐在青牛背上，歪歪倒倒向我们走来，前面还有一名小童负责牵牛。古制每岁立春后第五个戊日为春社，这一天，各处农庄都会举行土地祭祀，以祈丰收。唐代王驾曾经写过一首《社日》来展现丰年里农民欢度社日的盛况："鹅湖山下稻粱肥，豚栅鸡栖半掩扉。桑柘影斜春社散，家家扶得醉人归。"这幅画恰为我们描绘出"家家扶得醉人归"这一幕。沿途可见万物复苏，草木青翠，流水潺潺，一副欣欣向荣的春日景象。醉翁头上的帽子插满鲜花，使人想起苏轼的"人老簪花不自羞，花应羞上老人头"和邵雍《插花吟》的"头上花枝照酒卮，酒卮中有好花枝"。酒醉之后不知不觉插了满头鲜花，一来点明了春来花开，二来可见也是喝得兴致盎然、喜气洋洋之故。

南宋 李唐《春社醉归图》

还有什么比这样的春日更迷人呢？"小桃灼灼柳鬖鬖，春色满江南"，在这幅《花坞醉归图》中，只见青山花树环抱间有一处屋舍，门前横着河水、小桥，仿佛能听到流水潺潺、鸟鸣啾啾，一只家犬闻声跑出来，似乎在迎接自己的主人，正是"犬吠水声中，桃花带雨浓"。小桥上，主

宋 佚名《花坞醉归图》

人醉醺醺地骑驴归来，紧跟在后的仆人挑着担，大概是主人的酒食，也许还有出游时赏阅的书籍文具。春光荡漾的时节，让人总想大醉一场，醉卧花间。

这画中画的可是唐寅的"桃花庵"？相传曾有宋朝官员在苏州城北桃花坞修筑"桃花坞别墅"，占地七百余亩，历经宋末的连年战乱后被荒废。直到明正德二年，唐伯虎赞叹这里景色宜人，更有一曲清溪蜿蜒流过，几株野桃衰柳

兀立，便用卖画的薄产加上朋友们的资助，在桃花坞修了几间草房，周围遍种桃花，取名"桃花庵"。从此以后，唐伯虎真的过上了一种逍遥自在、令人神往的生活——"桃花坞里桃花庵，桃花庵里桃花仙；桃花仙人种桃树，又折桃花换酒钱；酒醒只在花前坐，酒醉还须花下眠；花前花后日复日，酒醉酒醒年复年……"春日里，桃花遍开如锦，他邀沈周、祝允明等好友饮酒赋诗、挥毫作画，直到酩酊大醉尽欢而散，正是"日般饮其中，客来便共饮，去不问，醉便颓寝"。

这般神仙生活，留给世人多少憧憬和幻想？以至于现代人拍了一部《三生三世十里桃花》，借用上古神话的背景，在桃花灼灼、枝叶蓁蓁的人间仙境里，上演了一出青丘帝姬和九重天太子的爱情故事。看那桃花片片飘落的画面，融入俩人青涩而热烈的真情，多少年后，依然唯美，依然令人忘情欢喜。女主角的一壶桃花醉，引发多少遐思，令无数人痴狂。

再把目光收回，在这幅《春游晚归图》里，城墙外，一位老者也结束了一日春游，骑马准备回府了。这仿佛又是苏轼的一首回文诗所描写的景象："赏花归去马如飞，去马如飞酒力微，酒力微醒时已暮，醒时已暮赏花归。"看这春游的浩大阵仗，似乎是一位老官员，前后簇拥着十名侍从——两人在前导路，两人在马侧扶镫，一人牵马，马后一众仆从或背大帽，或扛交椅，或挑担……前方，已经出现了城门的一角，老官员持鞭回首，仿佛一副意犹未尽的样子。欧阳修就曾在《丰乐亭游春》中描述过这般惬意的春游光景："绿树交加山鸟啼，晴风荡漾落花飞。鸟歌花舞太守醉，明日酒醒春已归。"宋朝的官僚们，过得何其优哉游

宋 佚名《春游晚归图》

哉啊！

我最关注的是队伍最末的挑担者，担子的一端是食簋，另一端是燃着炭火的炉子，随时可以用来为主人准备热食，或烹一壶好茶，相当于一个移动的小厨房。这样的设备可不是一般人能享受得起的。清代沈复《浮生六记》里"闲情记趣"篇曾经记述过这么一段有趣的故事："苏城有南园、北园二处，菜花黄时，苦无酒家小饮。携盒而往，对花而饮，殊无意味。……是时，风和日丽，遍地黄金，青衫红袖，越阡度陌，蝶蜂乱飞，令人不饮自醉。"简而言之，就是春暖花开，一群文人想春游赏花去，发愁怎么解决午餐——想进店吃，怕距离太远了；在花下小酌，又怕酒冷了。这时候芸娘想出了一招，花点小钱雇了个馄饨担子，自己准备好酒食，借助煮馄饨的工具，办了一次热腾腾的花下野餐。这等情趣，即便在现代人看来也令人心动不已。芸娘的丈夫沈复不过一介穷酸文人，虽说"巧妇难为无米之炊"，但她仍在家境窘迫、生活拮据的条件下，尽心把生活过成了一首诗，因此被林语堂称为"中国文学中最可爱的女人"。其实早在宋代，人们已经有了春游野餐的设备，图中那最末的一挑担子想必便如同芸娘所说的，类似"市中卖馄饨者，其担锅灶无不备"。不同的是，出游者是一位官员，随行的仆从等于一支后勤队伍，累了随时打开交椅可坐，饿了有热食，渴了有热茶，甚至下雨也不怕，因为还备着个遮阳挡雨的大帽子呢！

无论是对农村老百姓，还是对普通文人，抑或是对政府官员，宋人的春天总是暖洋洋、醉醺醺、乐陶陶的，不知曾有多少良辰美景奈何天，又有多少赏心乐事谁家院。人生多有难言和不易，不如趁着这桃花嫣红，春水碧绿，且融入这春天，看那姹紫嫣红，百花争艳，饮一壶桃花醉，醉倚栏杆，闲看岁月，不负春光不负己，做一个快活神仙。

和现代一样，宋朝时春游并非城里人的专利。宋朝的城里人爱往乡下走，乡下人也爱往城里跑。下面这幅《金明池竞标图》把我们的目光带回到当年的开封，只见游人纷纷赶往开封府，就连乡下的村姑也没落下。这凑的是什么热闹呢？原来是金明池"开池"啦！"每开一池，日许士庶扑博其中，自后游人益盛，旧俗相传……盖是日村姑无老幼，皆入城也。"（金盈之《醉翁谈录》）

金明池位于北宋开封府顺天门外，原是用来训练水师的一个军事基地，后来

北宋 张择端《金明池竞标图》

被改造成供宴游的皇家园林，每年的三月一日至四月八日，都会准时"开池"，任士庶游玩。游金明池便成为北宋开封府的一大民俗，元宵节一过，市民齐齐准备游园："都人只到收灯夜，已向樽前约上池。"精明的商家抢先在金明池的岸边搭起彩棚，租给游客，并在园内开设"酒食店舍、博易场户、艺人勾肆、质库"，吃喝玩乐，一应俱全，钱花光了还可以到质库典当借贷——这波操作，比起现代来说也毫不逊色。当其时，金明池内，游客如蚁，观者如堵，按《东京梦华录》的记述，"虽风雨亦有游人，略无虚日矣"。王安石也曾用一首诗形容金明池的热闹："临津艳艳花千树，夹径斜斜柳数行。却忆金明池上路，红裙争看绿衣郎。"

而金明池原先的军事训练项目也随之演变成娱乐性质的水戏表演，包括水战、百戏、竞渡、水傀儡、水秋千、龙舟夺标赛等。其中最精彩的是主题部分——龙舟争标赛。其精彩和热闹程度从张择端这幅《金明池竞标图》可见一斑：画面中，以一艘大型龙舟为中心，其两侧各有五艘小龙舟，船头各立军校一名，舞旗招引，舟中桨手则奋力划棹，向前方标杆冲去。画面中大小龙舟左突右进的空间安排，营造出了争标的激烈、刺激与紧张气氛。可见宋代的"三月三龙舟争标"，似乎比后来的"端午节划龙舟比赛"更讲究花样，更具观赏性。池边"临水殿"里，皇帝赐宴群臣，共赏争标；池岸上百姓或观龙舟，或春游赏玩，或买卖交易……宋朝天子与民同乐的景象，让人觉得既亲切又有生机。

元代最重要的宫廷界画家王振鹏所作《龙池竞渡图》卷，描绘的也是北宋崇宁间三月三日，金明池龙舟竞渡争标，万民同乐之景。只见池中央水殿楼阁、平台拱桥相连；水秋千、水傀儡等水戏活动在行进间开演；大小龙舟，正敲鼓迅槌，朝标杆急驰。观览画中旗飞桨扬，似闻锣鼓震天，龙舟竞渡的壮景展现得可谓淋漓尽致！

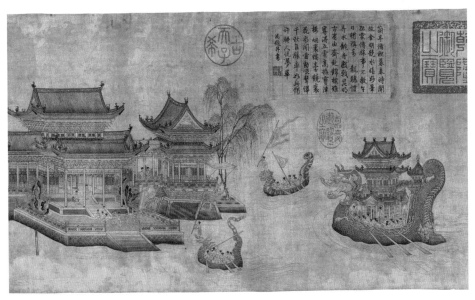

元 王振鹏《龙池竞渡图》卷局部

可惜这么一处极富人情味的皇家园林、水上乐园与城市公园，在北宋灭亡之后便迅速荒废了。之后的元明清三朝，再也没有过开放皇家园林纵民游赏的制度。清末时，清政府曾派大臣出洋考察，应邀参观奥地利皇室离宫的清廷官员惊奇地发现，这处景色绝佳的"离宫"居然对市民开放，觉得不可思议。他们却不知道，对外开放皇家宫苑、园林，其实是我国宋代曾施行三百年的一项人性化十足的制度。对比之下，我们才能体会，宋朝人民在相对宽松的社会制度下生活得多自由，多有尊严！体现在宋画中，才会有一种活泼、恣意的快感，才会有一种淡定、从容的风格。

南宋 马麟《秉烛夜游图》

一番热闹过去，白天的繁华喧嚣仿佛成为过眼云烟，夜深人静，是一人独守的时候了。马麟《秉烛夜游图》描绘的便是这一时刻的图景：夜色降临，一轮明月挂在空中，皎洁的月光照在大地上，薄雾层层弥漫、漾开，熏染出一个平静祥和的夜晚。夜色掩映下，高突的短亭外，低回的长廊前，一树树海棠花盛开，深深地吸引着屋内主人的目光。他唤来仆人，点起了蜡烛；在烛光映衬下，他倚坐于亭内，望着这绰约如仙的万重红颜，看得都痴了。

海棠花姿潇洒，花开似锦，自古以来便是雅俗共赏的名花。海棠花素有"花中神仙"之称，与玉兰、牡丹、桂花相配植，取"玉棠富贵"之意。此外，它又叫作"断肠花"，有象征游子思乡、表达离愁别绪之意。有艳姿又富情思的海棠激发了宋人赏花的热情，陆游夸它"虽艳无俗姿，太皇真富贵"，姜夔夸它"红妆艳色，照浣花溪影，绝代姝丽"。"东风袅袅泛崇光，香雾霏霏月转廊。只恐夜深花睡去，更烧高烛照红妆。"马麟这幅《秉烛夜游图》正是对苏东坡这首海棠诗的诗意呈现。

惜花爱花，甚至于夜深人静之时秉烛观赏，是一件多么浪漫的事。然而，在这繁花似锦的美好景象背后，我却看到了主人翁的落寞与惆怅。说起"秉烛夜游"，我便想起《古诗十九首》中的那一句："昼短苦夜长，何不秉烛游？"在古代，人们日出而作日入而息，受制于光亮，黑夜显得尤为漫长，于是生发出这种感叹。白居易说："留春不住登城望，惜夜相将秉烛游。"春天留不住，好景难再留，珍惜时间，夜里也要游玩。李白则聚集一班兄弟，在春天的夜晚举办聚会，饮酒赋诗。他在《春夜宴诸从弟桃李园序》中写道："夫天地者，万物之逆旅；光阴者，百代之过客。而浮生若梦，为欢几何？古人秉烛夜游，良有以也。"天地广大，光阴易逝，浮生若梦，为欢几何？秉烛夜游，其实暗藏着一种时间紧迫感，以及人们面对宇宙生命的一种无力感，是在黑夜的漫长等待里延续光阴，在有限的人生里努力追求梦想的一种尝试。

光阴如梭，岁时易尽，春光无限好，转眼间春已逝去。而我从三月中旬开始写这篇文章，写完已是暮春时节四月底。人生短促，红颜易老，古代人们的生命尤其短暂。然而宋人总有一种醉生梦死的乐观精神，努力过得活色生香，在短暂的人生里去实现更多的梦想，去体会更好的生活。"劝君莫惜金缕衣，劝君须惜少年时。有花堪折直须折，莫待无花空折枝"，唐朝的歌姬在幽幽地歌唱；"浮生长恨欢娱少，肯爱千金轻一笑。为君持酒劝斜阳，且向花间留晚照"，那是宋人浪漫深情的怀想。那些记忆中的流年啊，那些惊鸿一瞥转眼消逝的春光啊，令人惆怅，令人怀念。

辑四

文人风雅

好贤重文，及诸君子之高风逸韵，萧散不羁，光华相映，

如众星之联聚，如群玉之陈列，与夫从容太平之盛致，

盖有旷数十世而不一见者，其可为盛也已。

2015年秋天，我前往浙江参加《金钥匙·书画视界》的集中审稿工作，与何济洲、张渝、魏夏云、师元东、苏长华和黄建军等各位前辈相聚杭州。其中，何老师是书法家，张老师是国画院研究员，夏云、元东、长华擅书画，建军长于篆刻，皆是系统内的书画名家。初次会面，相谈甚欢，颇有相见恨晚之意。当其时，家住杭州的夏云大哥做东，邀约我们同浙江音乐学院的几位教授到墨戏书斋饮茶雅叙，兴之所至，焚香鼓琴、吹笛引歌、书画唱和，不知今夕何夕，乐而忘返。在他们的生活里，依然保留着古代文人雅集的遗风，这令我大受感动。

中国古代的文人，曾拥有过一种诗意雅致的生活。他们建造别致的庭园，坐拥湖光山色，亭台错落，廊檐深深；他们在月下饮酒，在花前品茗，在雨中默默伫立，在风中凝眸夕阳；他们与老僧谈禅，与名妓联诗，吟诵清丽的辞句，谈论古往今来的高士逸人。他们悠闲，但不空洞；细致，但不颓废。隔着岁月的河流，远远望去，他们的这份雅致，好似一幅朦胧而美丽的图画，令人景仰而迷醉。

历史上，随着时代的发展，文人在生活美学上渐达极致。古代传统文人有"九大雅事"：焚香、莳花、寻幽、品茗、听雨、赏雪、候月、酌酒、抚琴；明代沈仕的《林下盟》也提出了文人生活十供，即"读义理书，学法帖字，澄心静坐，益友清谈，小酌半醺，浇花种竹，听琴玩鹤，焚香煎茶，登城观山，寓意弈棋"。这种看起来雅致而简单的生活，在今人的眼中却几乎成为一种奢侈的享受。现代社会里，经济财富飞速增长，社会发展日新月异，在日益嘈杂的机器轰鸣声中，熙熙攘攘，尘世喧嚣，也许再也难以再现这人间的诗意和生命的憧憬。只有在流传下来的诗词书画里，我们还可以真切地看到，我们曾经拥有过这样从容淡定、风流洒脱、浪漫自由又真实鲜活的生活方式。

焚　香

宋人吴自牧在笔记《梦粱录》中写道："烧香点茶，挂画插花，四般闲事，不宜累家。"其中，焚香是文人生活中不可或缺的一项。他们将焚香作为修行的一种途径，在心烦意乱之时，焚一缕馨香，温和甘美的香气就足以令人平心静气，从而达到物我两忘、灵台空明的境界。宋代"苏门四学士"之一黄庭坚曾说："天资喜文事，如我有香癖。"他亲手制作的"黄太史四香"——意合香、意可香、深静香、小宗香，在中国制香史上十分有名。苏轼更是香事的"骨灰级"粉丝，他调制的"雪中春信"，据说是古代最美的香之一。相传他为合出这种早春梅花初绽时的香气，整整等了七年，直到宋哲宗元祐五年（1090）正月初七一场春雪突至，他吩咐爱妾取999朵梅花的花心之雪，置于御赐的羊脂玉碗中，再将其他香料加入，才终于炮制出"雪中春信"。他建"息轩"，在轩中焚香静坐，并题诗曰："无事此静坐，一日似两日，若活七十年，便是百四十。"说焚香静坐有养生健体之功。焚香静坐，这大概便是马远的《竹涧焚香图》所描绘的情景。

到了明代，焚香已是清雅之事，文人在读书、弹琴、作画、习禅、雅集时焚香，表达一种精致的生活情趣与艺术审美。高濂著《遵生八笺》中写道："幽闲者，物外高隐，坐语道德，焚之可以清心悦性。恬雅者，四更残月，兴味萧骚，焚之可以畅怀舒情。温润者，晴窗拓帖，挥麈闲吟，篝灯夜读，焚以远辟睡魔，谓古伴月可也。佳丽者，红袖在侧，密语谈私，执手拥炉，焚以熏心热意，谓古助情可也。蕴藉者，坐雨闭关，午睡初足，就案学书，啜茗味淡，一炉初爇，香霭馥馥撩人，更宜醉筵醒客。高尚者，皓月清宵，冰弦戛指，长啸空楼，苍山极目，未残炉爇，香雾隐隐绕帘，又可祛邪辟秽。……"焚香能满足各种人物的不同需求，又可达到各种境界，焚香之雅由此可见。

南宋 马远《竹涧焚香图》

莳 花

莳花即栽花。所谓"侍花如侣，读花如人"，莳花源于古代文人以花言志、以花抒情的生活方式。清代文学家张潮说得透彻，"梅令人高，兰令人幽，菊令人野，莲令人淡，牡丹令人豪"。古人爱花、栽花、作诗咏花，还留下了很多关于花的趣闻妙谈。晋朝大名鼎鼎的美男子潘安，曾出任河阳县令，他在全县遍种桃花，成为一时佳话，遂有"河阳一县花"的典故；北宋诗人林逋，终身不禄，长住山上与梅花和白鹤为伴，自称"梅妻鹤子"；陆游"插瓶直欲连全树"——恨不能将整棵梅花都插到瓶里供己欣赏；黄庭坚将水仙视为"凌波仙子"，倾心不已。

古人爱花，更将花当作点缀生活的诗篇。唐代诗人李白曾与众兄弟在春天的夜里秉烛夜游，他们坐在盛开的桃花树下饮酒赋诗，"开琼筵以坐花，飞羽觞而醉月"，这样的生活，令人不由感叹"浮生若梦，为欢几何"。北宋年间，翰林学士范镇在宅院里建造了一座大堂，堂前种植荼蘼花架，每年暮春时节繁花盛

明 尤求《春宴图》

开，宴宾客于花架下，当有鲜花坠落酒杯，持杯客人就必须满杯饮尽。有时微风拂过，落英缤纷，满座皆醉，这，便是历史上梦幻一般的"飞英会"。尤求的《春宴图》便取材于李白的《春夜宴从弟桃花园序》。

明清时期，文人修建书房讲究栽花，《菜根谭》中把"栽花、种竹、玩鹤、观鱼"列为幽人清事，读书之余，栽花种竹，以此来修养身心，赏心悦目，劳逸结合。

清代禹之鼎曾为"四王"画家之一的王原祁画过一幅肖像画。王原祁的山水画在有清一代享有崇高的声誉，生活也十分风雅。图中王氏手持茶杯，端坐于榻几上，欣赏着面前精心栽培的丛菊。菊花是"四君子"之一，代表"凌霜飘逸，特立独行，不趋炎势"的世外隐士形象。对菊花的欣赏，成为君子自得其乐、儒道双修的精神象征。画中陈设造型简洁，有设色典雅的桌榻、摆放整齐的书册画卷和盛开的盆菊，点明了画家的爱好和雅兴。

清 禹之鼎《王原祁艺菊图》局部

读 书

中国人自古便有"万般皆下品，唯有读书高"的观念。唐代王贞白说"读书不觉已春深，一寸光阴一寸金"，宋代苏轼说"腹有诗书气自华"，明代于谦说"书卷多情似故人，晨昏忧乐每相亲"。而宋代皇帝真宗赵恒，更是御笔亲制《励学篇》昭告天下："富家不用买良田，书中自有千钟粟。安居不用架高堂，书中自有黄金屋。出门莫恨无人随，书中车马多如簇。娶妻莫恨无良媒，书中自有颜如玉。……"竭力提倡读书的风气，成为千百年来读书人的励志名片。

古人读书，有"苦读"，也有"雅读"。为了功名读书，是为"苦读"；除此之外，读书也可作为休闲乐事，是为"雅读"。金圣叹有言："红袖添香读闲书，乃人生一大乐事也。""雅读"讲究读书的环境与氛围。看看明人的书房设计就知道"雅读"之讲究，不但要有"临山傍水，茂林修竹，陋室茶香，香炉紫烟"的雅景，还要陈设古砚、水注、笔格、笔筒、镇纸、花尊、鼎炉、古琴、挂画等雅品，在其中研读典籍、翰墨丹青，简直乐在其中，陶然心醉。

读书为人带来心灵的丰盈与宁静，排遣世俗纷扰和烦恼。王禹偁在《黄冈竹楼记》中描绘了被贬黄州后的读书生活，"被鹤氅衣，戴华阳巾，手执《周易》一卷，焚香默坐，消遣世虑"。刘松年的《秋窗读易图》描绘的似乎正是这样的场景，水畔树石掩映之下，书斋门窗敞开，主人在窗前展卷沉思，一书童侍立一旁。

南宋 刘松年《秋窗读易图》

明 仇英《梧竹书堂图》局部

读书累了，便可如《梧竹书堂图》中所画人物一样，躺坐于竹林之中，凉风习习，闭目养神，休憩片刻。如此静谧画境，不便惊扰。

候　月

月，是中国最古老浪漫的意象，承载了古人对太空最美好的想象。对着明月，张若虚写下千古绝唱《春江花月夜》："江天一色无纤尘，皎皎空中孤月轮。江畔何人初见月？江月何年初照人？"集纳了春、江、花、月、夜五种最动人的景致，独享"孤篇盖全唐"之誉；对着明月，李白孤独而豪放地月下独酌，"花间一壶酒，独酌无相亲。举杯邀明月，对影成三人"；对着明月，张九龄怀念远方的故人，"海上生明月，天涯共此时"，简简单单的海上、明月、天涯几个词便构成雄浑阔大的动人景象……

马远的《对月饮酒图》画出了诗人豪迈中的孤独，那亘古的寂寞，开怀畅饮

南宋 马远《对月饮酒图》

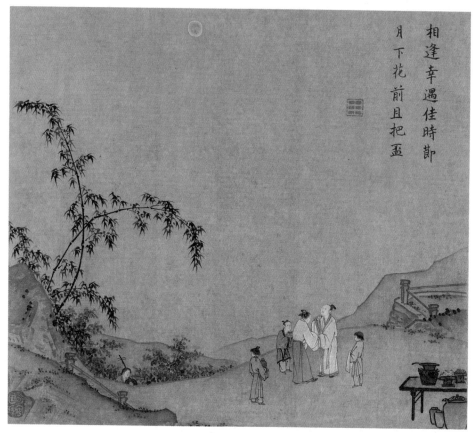

相逢幸遇佳時節
月下花前且把盃

南宋 马远《月下把杯图》

下掩隐的怅然若失。且举杯对月，今人不见古时月，今月曾经照古人；唯愿当歌对酒时，月光长照金樽里。

他的另一幅《月下把杯图》则充满了温情。右上角宁宗皇后杨氏（杨妹子）亲题"相逢幸遇佳时节，月下花前且把杯"，点明了事件发生的时节和内容。当其时，正是八月十五中秋之夜，一轮圆月高挂空中，良辰美景之际，多年不见的好友来访，共同把酒言欢，便是人间乐事。

苏轼于中秋之夜怀念其弟，欢饮达旦，醉中作：

明月几时有？把酒问青天。不知天上宫阙，今夕是何年。我欲乘风归去，又恐琼楼玉宇，高处不胜寒。起舞弄清影，何似在人间。

转朱阁，低绮户，照无眠。不应有恨，何事长向别时圆？人有悲欢离合，月有阴晴圆缺，此事古难全。但愿人长久，千里共婵娟。

这一幅画，大概便是苏轼的心中愿景。

寻 幽

寻幽，出自唐代李商隐的《闲游》："危亭题竹粉，曲沼嗅荷花。数日同携酒，平明不在家。寻幽殊未极，得句总堪夸。强下西楼去，西楼倚暮霞。"解释寻求幽胜，也就是在大城市待腻了想去寻找一个世外桃源。寻一处名胜古迹、名山寺院等地方，风景秀美，环境清幽，或只身，或三五友人，访览古迹，感怀时事，觞咏唱酬，称为"寻幽探胜"。明代后期，王士性"无时不游，无地不游，无官不游"，"穷幽极险，凡一岩一洞，一草一木之微，无不精订"，有旅游地理书《五岳游草》传世，成为著名的人文地理学家。大名鼎鼎的徐霞客更是一生志在四方，"达人所之未达，探人所之未知"，所到之处，探幽寻秘，经30年考察，撰成60万字地理名著《徐霞客游记》，被称为"千古奇人"。

画家沈周也是个旅游达人，他喜欢交游，但是因为"父母在，不远游"，只能徜徉于吴中地区附近的湖光山色中，顺便画上几幅实景山水画，相当于我们今天的旅游拍照，于是留下了《苏州山水全图》《吴中揽胜图卷》《虎丘十二景图》等许多山水画作。

在《虎丘十二景图册》中，我们可以看到许多令人备感亲切的视角，仿佛看到沈周在闲游于虎丘的时候用"相机"留下的一张张"随手拍"。剑池、千佛堂、五对台、虎跑泉、竹亭，等等，一处处灰顶白墙的建筑，一棵棵参天古树，一同组成了七百年前的虎丘。山间一角楼阁，二三文士相与交谈；山石古松间掩映着古寺佛阁，游人拾级而上；一处开阔平坦的平台，游人三三两两散坐其间，山风穿过凉亭，树叶沙沙作响……七百年前的沈周，用他手中的"相机"（画笔），从他文人情调的视角，将他寻幽览胜的真实所见记录下来，似乎在为当时的游客介绍虎丘的游览景点，帮助他们按照图卷上的线路正确地、快乐地游玩，简直是一套虎丘寻幽指南。

明 沈周《虎丘十二景图册》局部

赏　雪

　　雪景之美，人人向往之。读大学一年级时，某个冬日早晨，刚刚起床便看到一片雪白。第一次看到雪的南方学生欣喜若狂，立马精神大振，跳起床跑出去，在雪地里玩耍，堆雪人、团雪球、打雪仗，好一阵疯闹，而学校老师也很体贴地允许我们不必早操、不必晨读，推迟时间上课！回想起来真是一件乐事！

　　想知道雪景有多么迷人？明代张岱《湖心亭看雪》带你领略：在雪夜"拿一小舟，拥毳衣炉火，独往湖心亭看雪"，看那"雾凇沆砀，天与云与山与水，上下一白"。这样的天气里，还有"痴似相公者"两人铺毡对坐，"一童子烧酒炉正沸，拉余同饮"。这篇文章后来成为经典的古代生活美篇，读之令人神往。

　　下雪天是怎样的一种乐趣？简直宜动宜静，宜坐宜卧，宜外出游玩，宜烤火

柴門深掩雪洋洋，榾柮爐頭煮酒香

影昰

詩人安穩虛一編文字一爐香

唐寅

明 唐寅《柴门掩雪图》

读书，宜饮酒作乐，宜探梅访友……万般都是好风景。唐寅作品《柴门掩雪图》中，雪后的大山银装素裹，万籁俱寂，一位隐士正在山中屋舍内伏案读书。画中一人正行走于雪中，似乎是被前面酒家飘出来的酒香吸引，又似乎要去拜访山中隐居的朋友。作者自题："柴门深掩雪洋洋，榾柮炉头煮酒香。最是诗人安稳处，一编文字一炉香。"这样的雪天，燃香、煮酒、读书、访友，一切都显得那么宁静和诗意。

清 萧晨《踏雪寻梅图》

冬天梅花盛开，踏雪寻梅也是古人下雪天爱干的事。宋代吕本中的《踏莎行》写"雪似梅花，梅花似雪。似和不似都奇绝。恼人风味阿谁知，请君问取南楼月"，清雅有味；曾几喜欢将"雪后梅花盛开折置灯下"，在万物凋零的冬天，还有红梅养眼，正是"窗几数枝逾静好，园林一雪碧清新"。清代画家萧晨的这幅《踏雪寻梅图》里描绘的便是这一雅事：只见山中一片白雪苍茫，一棵梅树屈拔而起，一位老翁持杖而来，昂首观梅。雪中梅花之美，大概正如卢梅坡所说，"梅须逊雪三分白，雪却输梅一段香"，梅与雪互相映衬，愈显风流雅致，而梅花也践行了"零落成泥碾

清 孙温《红楼梦图册之琉璃世界白雪红梅》

作尘，只有香如故"的执着。踏雪寻梅，不仅仅是追寻一段美景，更是古代文人对自身品行高洁的一种期许吧。

对文学作品中关于踏雪寻梅的描述，印象最深的是《红楼梦》第四十九回"琉璃世界白雪红梅，脂粉香娃割腥啖膻"中，提到天降大雪，妙玉的栊翠庵中有十数枝红梅，"如胭脂一般，映着雪色"，宝玉前去乞回几株红梅；又提到贾母"一看四面粉妆银砌，忽见宝琴披着凫靥裘站在山坡上遥等，身后一个丫鬟抱着一瓶红梅"，马上爱不释手，一定要惜春将这一场景画下来。白雪、红梅，加上红衣美人，简直是一幅绝美的图画。

对　弈

围棋最早见于春秋时期，许慎《说文》曰"弈，围棋也"，《论语》中说"不亦有博弈者乎"。棋盘虽小，却玄妙多变，见仁见智，包含天地阴阳、王政、兵法韬略等玄机。所谓棋局如战场，黑白双方运兵布阵，攻占御守，斗智比勇。于是古人常用下棋来消遣娱乐，一方面锻炼全局考虑的能力，另一方面增强自己的谋略意识。南北朝时期玄学兴起，文人学士以尚清谈为荣，因而弈风更盛，下围棋被称为"手谈"。宋代《棋经十三篇》中说"博弈之道，贵乎严谨"，既要有出世之大略，又要有入世之细谋。

历史上，儒释道代表人物及政治家、军事家、文学家、数学家、哲学家等都对围棋颂扬备至，认为从中受益匪浅。比如东晋谢安闻听大捷，不为所动，淡然下棋；南朝王景文从容下棋，对弈结束，饮鸩自尽；等等。到了北宋，京城开封设有棋待诏，宋太宗还是棋艺高手，史载"太宗多才复多艺，万几余暇翻棋势"；黄庭坚对弈棋也十分痴迷，他在"偶无公事客休时"便"席上谈兵校两棋"，"心似蛛丝游碧落，身如蜩甲化枯枝"，好一副专注入神的情态。

趙伯驌荷亭對弈

元 佚名《荷亭对弈图》

在一幅元人的《荷亭对弈图》中，夏日池塘边，敞轩水榭，绿柳掩映。水榭中，两位高士正在全神贯注地对坐博弈，另有一人一手支起身体侧卧床榻，似乎在疲惫小憩中仍意犹未尽，不忘观战。

明代唐寅则把"对弈"的场景放在山林之间。图上题

明 唐寅《溪亭对弈图》局部

识："围棋白日静，举袂清风吹。神机众未识，妙着时出奇。我老天宇内，白雪凝鬓眉。坐阅几输赢，历观迭兴衰。古今豪杰辈，谋略正类棋。局终一大笑，惊起山云飞。"讲述了对弈之乐在于，一盘棋局便可把胜负成败、古今兴衰掌握于手中，翻手为云覆手为雨，简直其乐无穷。细看画中，山重水复，山石雄奇，江岸有人赏景，江中有人垂钓，其乐陶陶，无不反衬出溪亭对弈之悠然自得。

雅　集

所谓"雅集"，就是三五知己文友找一处山林泉水，带上琴棋书画，预备好佳肴美酒，聚在一起，一边饮酒作乐，一边吟诗作对，一唱一和，尽显风流。古人崇尚"独乐乐不如众乐乐"，文人雅集，既是他们交流思想和情感的一种方式，也是名士风流的象征和标榜高雅、崇尚雅致的真实写照。史上著名的文人雅集有西晋石崇的"金谷园雅集"，东晋王羲之的"兰亭雅集"，唐代的"十八学士"，北宋王诜的"西园雅集"，元代顾瑛的"玉山雅集"，等等。这些雅集，大多由于参与的人物、事件以及流传的字画等而闻名于世。

其中"十八学士"的传说广为流传。唐太宗李世民曾在长安建"文学馆"，收聘贤才，将杜如晦、房玄龄、于志宁、苏世长等十八人并称为学士，"优以尊礼，予以厚禄"，还可以"享用五品珍膳"，又命令画家阎立本为十八学士画像，是为《十八学士写真图》。十八位学士常常聚在一起讨论政事、典籍，或者一起弈棋、作画，其待遇之优厚，行为之洒脱，使得时人敬仰不已，被视为神仙中人，称为"十八学士登瀛洲"。由于这个典故，历朝历代都有名家画过十八学士的题材，其中都将"琴棋书画"作为最主要的内容。琴棋书画又被称为"雅人四好"或"文人四友"，唐代张彦远曾在《法书要录》中描述辩才："博学工文，琴棋书画皆得其妙。"历史记载，郭若虚于熙宁四年（1071）奉命接待辽国来使，辽使问："南朝（北宋）诸君子颇有好画者否？"郭答："南朝士大夫自公之暇，固有琴棋书画之乐。"

这幅《十八学士图》绢画传为宋代刘松年所作，描绘了十八学士（实以当时的社会文化艺术名流聚首雅集为蓝本）聚在一处优雅的庭院中抚琴、弈棋、读

宋 佚名《十八学士图》局部

书、作画的情景。琴中有情韵，棋中有天地，书中有乾坤，画中有诗意，琴棋书
画既是古代文人雅士修身养性的重要途径，也是他们之间往来酬和、抒发性灵的
独特方式。图中还有品茗听乐的场景，文人雅聚自在逍遥又高雅适意，表达了一

种高旷的情怀。后文将专就这一主题所涉及的画作进行鉴赏，此处不再赘述。

———————————————————————————————————————

琴棋书画也好，风花雪月也好，古人都讲究一个"闲"字，他们将闲情寄于清雅的意境之美，有了闲，才有了以上这些专供消遣的雅事。宋人苏东坡诗云："江山风月，本无常主，闲者便是主人。"若无闲心，雅何以附？张潮《幽梦影》中说："人莫乐于闲，非无所事事之谓也。闲则能读书，闲则能游名胜，闲则能交益友，闲则能饮酒，闲则能著书。天下之乐，孰大于是？"有了闲，才能从容地享受人生、思考人生、超越人生。而如今，现代都市中，人来人往，熙熙攘攘，繁华喧嚣，古人那份闲情逸致已离我们远去，唯有留下的这些美好的画作，沉淀为时光印迹的诗篇，留给我们诗意的畅想。

正如明代生活美学大师李渔所说："若能实具一段闲情、一双慧眼，则过目之物尽是画图，入耳之声无非诗料。"深圳是个年轻而忙碌的都市，每天匆匆奔走于工作与家庭之间，我仍然想着为自己留一点时间，偷得浮生半日闲，保有一份雅致闲情，体会山之光，水之声，月之色，花之香。即便机器时代飞速发展，电子世界光怪陆离，也不妨偶尔慢下脚步，来一次美的散步吧。

诗酒唱和领群雄

1

时间：一千六百多年前，东晋永和九年（353），暮春三月

地点：会稽山阴的兰亭水边

人物：时任会稽内史、右军将军的王羲之为首，与友人谢安、孙统等42位名流文士

事件：众人作曲水流觞之戏。那是从周朝便流传下来的节目——三月初三上巳之日，齐聚水边举行修禊之礼。他们沿溪而坐，用兰草蘸酒净身，以祈天地雅正。置酒觞于蜿蜒溪水，让它顺流而下。杯停处，其人取酒一饮而下，且赋诗一首。

作品：众人共吟咏37首诗，合为《兰亭集》。王羲之微醺之际作序，是为《兰亭集序》，没想到，竟成就了绝世珍品"天下第一行书"！这篇序，仿佛产生于无意之间的神助，超越了诗集，成为那场聚会最好的注脚。就连王羲之本人在酒醒之后也大吃一惊，以致"更书数十本，终不能及之"，他再也无法达到那一次醉酒时令人神往的艺术境界了。

这次雅集留下来的《兰亭集序》后来成了王羲之的传家宝，一直传了七代，第七世孙出家当了和尚，号"智永禅师"。智永活到百岁，因为没有后代，死后把《兰亭集序》传给了徒弟辩才。当时的皇帝唐太宗是王羲之的超级粉丝，搜罗

了其全部作品，唯缺这篇《兰亭集序》，以性命威胁也无法得到。堂堂大唐天子，为此魂萦梦绕，夜不安席。后来派出御史大夫萧翼假扮为一名书法高超的书生，天天和辩才和尚谈经论史，读书评画，得到其信任后假称自己已得《兰亭集序》真传，哄得和尚取出自己的真迹，才终于把它骗到手，交给了唐太宗。这个不那么光彩的故事，被后人写成了《赚兰亭》的剧本，历史上很多名家都有同名画作流传。如元代画家钱选所作的这幅《萧翼赚兰亭图》，只见画面右侧见多识广的御史大夫萧翼风度翩翩气度不凡，果然长了一副可以骗取老和尚的好皮囊。《兰亭集序》最终成为唐太宗的陪葬品，五代之时昭陵已破，终致失散，我们今日所见，都不过是当时的摹本而已。

因为有了《兰亭集序》这样的传奇，兰亭雅集一直以来都是中国文化史上最令人神往的一场聚会。没有鸿门宴的明争暗斗，没有杯酒释兵权的政治角力，也没有贵妃醉酒的春情难遣，却让我们无数次地回想起中国人骨子里的诗酒风流。

据记载，历史上最早的文人雅集活动出现在魏晋时期。魏晋在历史上是一个非常动荡的时期，两汉大一统的局面被打破，外有中原和少数民族的战争，内有当权派的争权夺利，再加上司马氏的高压政治，文人们郁郁不得志，只能选择或纵情酒色，或归隐林泉，或寄情文章曲赋。这种对现实的逃避成了当时士大夫们一种无奈的选择与风尚。文人雅士们聚在一起，穿着广袖宽袍，饮酒、清谈、听

元 钱选《萧翼赚兰亭图》局部

音、赋诗，这是千百年来为人仰慕的魏晋风度，然而这背后却隐藏着许多积抑和苦闷。

东汉末年，以曹丕为首的"建安七子"常常在邺下组织雅集活动，自得其乐；西晋时期，文学家陆机、潘安、石崇等人常在石崇（对！就是那位砸了珊瑚树的炫富狂人）的别墅洛阳金谷园中饮酒作诗；嵇康、向秀、阮籍等"竹林七贤"亦常聚集于竹林中畅谈……最终，兰亭雅集作为中国书法史上的一次最具影响力的雅集活动横空出世！它的出现并非偶然，那是魏晋风度的一种久久酝酿后的醇化，是一代士风的典型体现，是瞬间而至永恒的火光之闪现。

兰亭雅集的相关绘画无数，最出名的当属藏于故宫博物院文徵明所作的《兰亭修禊图》。画中，作者用细笔小青绿画法，描绘了一片树林蓊郁、修竹傍水的春日美景。远处临水小亭中，三人坐桌旁清谈；近处山脚下溪流曲折，八人分坐溪边，形态各异，那蜿蜒于水中的酒觞不知要飘到哪里去。

文徵明是明代中期最著名的画家、大书法家，少时即享才名，然而科举道路却很坎坷，一直到五十三岁都未能考取功名，五十四岁才通过举荐当了一名翰林院待诏。此时他的书画已负盛名，求其书画的人很多，同僚们多有嫉妒排挤。文徵明心中郁郁不乐，打了三次辞职报告才获批准，五十七岁辞归出京回苏州定居，自此致力于诗文书画，不再求仕进。

据说此画正是文徵明有感于官场黑暗，遥想魏晋名士的快意山水、不慕名利

明 文徵明《兰亭修禊图》画心

而成。我想文徵明大概把自己想象成了那亭子里的红衣士人，他似乎在和身边的友人谈论些什么，又好像沉浸在自己的世界里若有所思。他的目光穿透了眼前的美景，穿越了时光岁月，把我们带入魏晋时期的那一片自由舒展的天地之间。那个时候的中国，离魏晋风度已经很远很远了，而文徵明用他的温润、秀劲、静默于心中保有一片净土，笔下才有了那清秀淡雅的江南山水和那俊逸洒脱的士人风骨。

　　近现代画家傅抱石创作的《兰亭修禊图》，也是一幅极有影响力的作品。他借鉴了古人的构图，以长卷铺开画面，画中魏晋文士三五成群，或盘坐于溪畔小憩，或立于桥头纵论指点，或沿曲径信步吟哦，或于树下探讨诗歌曲赋，或俯身取觞，或仰天长啸，或掩面叹息……那看似声色犬马的"雅集"，并不能掩饰他们内心的惶恐、无助、绝望以及对故土的深深依恋。

近代 傅抱石《兰亭修禊图》局部

傅抱石对魏晋时期士族文人心中的极度愤懑有深刻体会。创作此画之时，国内抗战烽烟正浓，他以一介教书匠的身份寓居重庆后方，虽免于浴血，但是，面对战乱无能为力，他内心的痛苦可想而知。所以，他常常在醉酒时，用笔墨宣泄心中的愤懑与痛楚。这幅画也体现了傅抱石强烈的个人创作风格。画中那微雨过后的山峦迷蒙，树木的葱茏，空气的润泽，正是奇茂多雾的巴山蜀水给画家留下的深刻印象。

如果说文徵明的《兰亭修禊图》画出了一种幽远、静谧和飘逸，表达了一种怀古之幽思，傅抱石则画出了心中的愤懑、悲怆和不忿，在压抑中更见一种即将迸发的挣扎和抗争。

2

兰亭雅集之后，文人雅集活动大量涌现。中唐以来实施两税法和科举制度等，催生了一个新的官僚士大夫阶层。他们既是地主又是官僚，更是深受儒、道文化熏陶的文人。这个阶层的文化追求，即雅文化，代表着近古时期文化风尚的主流。在这种风潮的作用下，文人雅集上升为一种完全异于俗客的修身养性的情操与做派。据历史记载，唐代多有文会雅集，例如由李白举办的桃李园夜宴，"群季俊秀，皆为惠连"，也是高朋满座。到了宋代，文人的社会地位和经济基础都达到了历史上的一个新高度，文人雅集也愈加频繁，其中以北宋时期的西园雅集最为著名。

西园，是宋初功臣王全彬的后裔、"将门之子"王诜的宅第。王诜（1048—1104），字晋卿，自幼天资聪颖，记忆超群，诸子百家无所不知，琴棋书画无所不精。如此出身加上如此才华，连当时的皇帝宋神宗也对他另眼相待，亲自做主，把妹妹蜀国公主嫁给了他。然而，王诜自恃才高，并不看重"驸马"的名分，常常夜不归宿，整日与文人雅士吟诗作画、"析奇赏异"。

元祐二年（1087）的六月，王诜在西园宴集以苏轼为首，包括黄庭坚、秦观、陈碧虚、圆通大师等在内的十六位文人高士，一起作诗、绘画、谈禅、论道，史称"西园雅集"。礼部员外郎米芾为记，李公麟作画，以记录这次文人雅集的盛况，名曰《西园雅集图》。

李公麟是北宋时期颇具影响的画家，尤擅白描绘画。他笔下"扫去粉黛、淡毫轻墨、高雅超逸"的白描画，被后人称为"天下绝艺"，成为后人学习白描技法的样板典范。他的《西园雅集图》以写实的方式描画了十六位文士在一片幽静的园林美景之中雅集的场景。画面上，碧竹翠松，小桥流水，名士们或挥毫泼墨，或吟诗赋词，或打坐问禅，每个人的表情动态都栩栩如生、动静自然。

　　西园雅集阵容强大，参与其中的苏轼、黄鲁直、李公麟、米芾等人，在当时的诗词、书法、绘画等领域都是各领风骚、誉满天下的时代精英，每一个都是千年难遇的文苑奇才、翰墨名家。后人对这一强大阵容景仰之至，著名画家马远、刘松年、赵孟頫、唐寅、仇英等都曾画过这个主题，以致"西园雅集图"成了人物画家的一个常见画题。其中，唐寅的《西园雅集图》可谓一幅佳品。其取材

北宋 李公麟《西园雅集图》局部

明 唐寅《西园雅集图》局部

于李公麟的同名画作并加以变化，色彩清雅，布局疏朗，画中山重岭复，林木繁茂，加上点缀其间潇洒自如的写意人物，风格又是另一番秀逸清俊。

能召集到众多时贤举办雅集，从一个侧面也体现出王诜在京城士人中的巨大号召力和影响力。史载，王诜"能诗善画"，工弈棋，筑"宝绘堂"收藏历代书画名作，吸引了无数文人雅士前往观摩。当时还是端王的宋徽宗也常与之交游，就连《水浒传》故事一开头出现的高太尉高俅也是通过他才成为日后宋徽宗的宠臣的。雅集之事表面上看起来一派诗意和谐，实际上所涉及的人物在政治事件下却暗流涌动。当时，有传闻称王诜私下里利用这些结交的书画家伪造古代书画，在当时收藏古字画的风潮中谋取私利。后来，元丰二年（1079）苏东坡因以诗讥讽新政遭贬（史称"乌台诗案"），王诜私下搭救，也遭牵连获罪贬官。

历史上的王诜还由于戏妾辱妻的事件为人诟病。究其原因，才华横溢的王诜原本拥有政治抱负，但宋朝对外戚参政有严格限制，曾有诏曰"驸马都尉等自今不得与清要权势官私第往还"。娶了公主却要放弃自己的政治抱负，王诜自然心有不甘。也许，这场婚姻从一开始，注定就是一场悲剧。王诜婚后放浪形骸，不拘小节，甚至当着公主的面公然与侍妾寻欢，最后把公主气得抑郁致病而亡。公主大概是很爱他的，对他的荒诞行径隐忍不发，直至身故后其乳母才把公主深受王诜冷落欺辱之事告于皇帝，王诜再遭罢官。

驸马王诜的一生，既有书画造假大奸的一面，也有书画艺术和收藏成就卓然的一面；既有戏妾辱妻薄情寡义的一面，也有营救苏轼仗义豪气的一面。更重要的是，王诜是中国美术史上的艺术大师，中国书画收藏史上的大家，也是中国文化史上众人景仰的西园雅集的主办人。

3

宋代灭亡后，元代的蒙古贵族实行民族歧视政策，将南方汉人划为最低等级，汉族文人的地位卑下。由于元朝政治腐败，社会动荡，皇室争权，战争四起，许多文人对国家失去了信心，隐逸江湖，以诗文书画自遣。

顾瑛（1310—1369）是元后期的江南名士，字仲瑛，号金粟道人。他向来好慕孟尝君之为人，淡薄功名，仗义轻财，购置了大量古书名画、钟鼎古器，常邀文士名流赴宴唱和，所筑"玉山草堂"成为文人雅士的聚集地。

玉山雅集是元末吴中地区规模最盛、历时最长，对后世影响最大的文人盛会，前后持续了十多年之久，参与者达上百人，囊括了当时吴中地区所有的知名文人、画家，如杨维桢、倪瓒、李孝光、黄公望、陈基、袁华等，见诸记载的大小集会不少于几十次。他们或饮酒赋诗、觞咏酬唱；或挥羽清谈，探究玄理；或赏鉴古玩，濡墨作画；或携酒远游、纵情山水，同时伴之以轻歌曼舞、美酒佳肴。他们留下的诗歌结集《草堂雅集》，被《四库提要》赞为"文采风流，照映一世"。据统计，至正年间的元人诗作，有十分之一竟写于这小小草堂"玉山佳处"，让人不得不惊叹玉山雅集的凝聚力与创造力。

历史上，兰亭雅集、西园雅集和玉山雅集被称为中国文化史上最著名的三大雅集。而玉山雅集与兰亭雅集、西园雅集最大的区别在于，后两者几乎都是当时达官贵人的雅集，参与者非贵即显，而玉山雅集却是真正的文人之会，因为玉山草堂的主人顾瑛，其举办雅集纯粹是出于兴趣爱好和精神生活的需要，而无功利目的——既不打算应举出仕，也没有走终南捷径的念头。这种纯粹的文人雅集方式，对后来明清时期江南地区的文人雅集风气产生了很大影响。

4

后世美术史上对这一社会历史现象的反映，便是大量以雅集为题材的绘画作品的出现。吴门画派的宗师沈周之祖父沈澄，多年后请人仿元代顾瑛玉山雅集故事，作《西庄雅集图》（已失传）。沈周成名后，苏州一带便形成了以沈周为中心的文人艺术圈子，每逢佳日，朋友邀约聚集于竹林农庄，或驾舟访友于山水田园，其间一边畅游山水欣赏美景，一边写文作画切磋技艺。文人之间通过雅集的交往，一来可以相互交流艺文心得，二来年辈小者跟从年辈长者交游，使得文脉画风得以自然延续发展。沈周此后开创吴门画派，其画风基本构成了明清三百年来绘画发展的主旋律，其人数之多、影响之大，是任何一个画派所不能比拟的，在中国美术史上占有十分重要的位置。不得不说，吴门画派正是通过形式众多的雅集交流发展而来的。

作于成化五年（1469）的这一幅《魏园雅集图》，为沈周同友人一起雅集于

魏昌园墅乘兴而作。画中远处峰峦陡起，山石耸立，山壑间似有溪泉涌来，近处小桥旁有一茅亭，亭内四人席地而坐，一书童侧立一旁，不远处几株杂树下，一位老者正拽杖徐徐走来，正是应邀而来的友人。山上山下，草木葱茏，一树枫叶点缀其间，正是秋日胜景，适合友人雅聚。画面上方，六位好友都在画上留下了墨迹，其中沈周题诗："扰扰城中地，何妨自结庐。安居三世远，开圃百弓余。僧授煎茶法，儿钞种树书。寻幽知小出，过市即巾车。"可以说，这是一幅熔诗、书、画三者于一炉的传世佳作，画面中的内容和雅集参与者留在画上的题跋，以今天的眼光来看，如同一部无声的纪录片，具有相当的写实性。今天的我们，回看这些画面，如同看到几百年前的那一场沁透心灵的雅集聚会，也可以体会当时参与者的欣喜与感慨。

千百年来，文人雅集作为中国古代文化史上一种独特的现象流传下来，为我国古代文化的创造和传

明 沈周《魏园雅集图》

承做出了不可磨灭的贡献。有着共同志趣爱好的文人聚集在一起，饮酒、宴游、品茗、弹琴、下棋、赋诗、作画，是文人之间交流思想与增进感情的一种方式，也可以从侧面反映出古代文人阶级的闲情逸致及不凡品位。然而随着时光流逝，文人雅集终究被近代的战争和动乱破坏，到了现代又为大众文化所淹没，虽然不断有文学社团涌现，但终究成为绝响。惜乎今人的"雅集"饭局，早已被所谓的饮食文化熏得乌烟瘴气，淹没在无聊的酒令与嘶吼的卡拉OK之中，每每想起，心下不禁唏嘘。文化的久远，只剩下今人踮脚的怅望，在一幅幅图画中那些令人惆怅的影像里，追寻远远逝去的一缕文化青烟。

附记

丙申年（2016）暮秋之际，《书画视界》主编何济洲携刘庆来、张伟人、张渝、师元东、黄建军、李冰、周嘉鸿、春玲等人，齐聚郑州海关辖下鹤壁海关，共商杂志编辑事务。时鹤壁正值秋风萧瑟，秋雨连绵，寒气逼人，然众人相聚甚欢。举杯小酌，微醺之际，意趣盎然，于鹤壁海关书报室内挥毫泼墨，写字作画。遥想古代文人雅集之风雅，精神长存，今人以此共勉，心中感慨万千，是以作此文为记。

一朝归渭上，泛如不系舟

——渔隐

一年春天，在海边的一个小度假村小住了几天。早晨，我喜欢到海边栈道上去散步。早上的海面轻轻地笼罩着一层薄雾，模糊了海水和天际的界线，也为眼前的大海增添了一分神秘感。不知什么时候，薄雾中出现了一只小舟，舟上有一位渔人，悠然地撑篙、撒网、收渔。他那自由舒展的动作，和那只飘于辽远天地之间的一只小舟，在海天一色的背景中自然形成一幅水墨画卷，深深刻在我的脑海中。那是怎样的一种悠然自在的姿势！那是怎样的一种遨游于天地之间的情怀！

古代的文人，对于小舟总有一种特殊的情怀。《庄子·列御寇》中说道："巧者劳而知者忧，无能者无所求，饱食而敖游，泛若不系之舟，虚而敖游者也。"唐代白居易《适意》诗之一："岂无平生志，拘牵不自由。一朝归渭上，泛如不系舟。"他在另一首诗《想东游五十韵》中写"去去无程客，行行不系舟"，更是惹起不少漂泊无定之人的悲愁。宋代张孝祥《浣溪沙》词："已是人间不系舟，此心元自不惊鸥，卧看骇浪与天浮。"

小舟漂游于水面上的意象几乎就是风雨人生的一个缩影——逆水行舟的劳累与艰辛，顺流而下的轻松与自由，徜徉水面的宁静与空灵，都给文人们带来一种思想的启示和心灵的愉悦。舟是怀才不遇的仕子远离喧嚣的心灵寄托，也给他们带来成功到达彼岸的希望。因此舟也沉淀为一种美学意象——孤帆远影、秋月钓船、野渡舟横等以舟为中心的审美意象，历来都是古代文学和绘画作品中着意刻画的对象。

古代文人多有怀才不遇的感慨，一旦不能"兼济天下"，便想着要"独善其身"了，别君去兮何时还，且放白鹿青崖间，隐逸去也。文人隐逸是一个经典主题。当然，归隐都要面临一个实际性的问题，那就是——接着该干点儿什么好呢？在中国古代，渔、樵、耕、读，常常被视为文人隐逸后理想化的生活方式，并常被作为文艺作品的主题，民间屏风上常画有渔、樵、耕、读四幅图。其中，"渔"图画的是东汉的严子陵，他曾是汉光武帝刘秀的同学，刘秀当了皇帝后多次请他做官，都被他拒绝，他隐于浙江桐庐，一生不仕，垂钓终老；"樵"的代表则是汉武帝时的大臣朱买臣，他早年出身贫寒，常常上山打柴，靠卖薪度日，妻子因忍受不了贫困而离开；"耕"图和"读"图分别画的是舜教民众耕种的场景和战国时苏秦埋头苦读的情景。渔、樵、耕、读是农耕社会的四业，代表了民间的基本生活方式，而其中渔的意象更是充满了超脱的意味。想那一叶扁舟，翱翔于水云之间，惯看落花逝水，伴有秋月春风，岂不快哉！于是，渔隐成为古代绘画中的重要主题。

宋代以前：山水中的渔舟

在文学史、绘画史上首开渔隐之风的是唐代的张志和。他本为唐肃宗时翰林待诏，后隐居于山林湖泊之间。唐代画家、绘画理论家张彦远在《历代名画记》之《历代能画人名》中道："张志和，字子同，会稽人，性高迈，不拘检，自称烟波钓徒。著《玄真子》十卷，书迹狂逸。自为渔歌，便画之，有逸思。"张志和最著名的一首《渔歌子》中写："西塞山前白鹭飞，桃花流水鳜鱼肥。青箬笠，绿蓑衣，斜风细雨不须归。"渔父长年生活在青山绿水之间，看起来自由自在，所以在古代文人眼中，是潇洒、浪漫的行为艺术家，是隐者的象征。据《新唐书·张志和传》里说，志和"居江湖，自称江波钓徒"，"每垂钓不设饵，志不在鱼也"。钓鱼而"志不在鱼"，只是享受大自然的美丽风景，享受自己那一份闲适的心境，这算是最早的隐逸思想了。朱景玄在《唐朝名画录》中将王墨、李灵省、张志和评为逸品三人，可见张志和也曾以"渔隐"为主题作画，可惜没有流传下来，但是从此开创了中国山水画中渔隐命题的传统。

唐代画家李思训的《江帆楼阁图》描绘的是一副游人踏春的景象。唐代踏青习俗颇为盛行，"三月三日天气新，长安水边多丽人"，每当春风拂煦，草长莺飞之时，城中的人们便成群结队地走到郊外，踏草寻花，赏游春色。这时候的画作并没有过多地突显"渔隐"主题，画家把大幅远景留给了苍茫的水天一色，几叶扁舟飘荡于辽远开阔的江水之上，让人遐想无限。

唐 李思训《江帆楼阁图》

画家李思训出身皇室，当时唐代皇室推崇佛道思想，所以他在作品中亦流露出一种出世情调，即所谓"时靓神仙之事，合然岩岭之幽"。《江帆楼阁图》中那一片浩浩荡荡的江水之中，几叶渔舟飘逸其间，恰有一种"超然物外"的意境。

唐以后五代十国时期，南唐出了一位标志性的画家董源（934—约962），南唐中主李璟时其任北苑副使，故又称"董北苑"。他主要生活在今天的南京一带，所作山水画多取材于江南水天空阔、山林连绵的真实景色，与北方山水画中高耸峭拔的山石和弯弯曲曲的河岸形成强烈的对比，被称为南派山水画的"开山鼻

五代 董源《潇湘图》局部

祖"。南唐灭后，董源成为与李成、范宽并列的"北宋三大家"。

《潇湘图》是董源的代表作之一，只见那一望无际的水面，一叶轻舟漂来，江边的迎候者纷纷向前迎去。晴岚间笼罩着一层淡薄的烟云，潮湿温润的江南气候油然而出。轻舟荡漾，坡岸平缓，林峦深蔚，山凹间浮着轻岚淡烟，似乎只要挥挥手，江南那特有的温润空气就会流过指间。

值得深思的是，南唐后主李煜也写过一首《渔歌子》："浪花有意千重雪，桃李无言一队春。一壶酒，一竿纶，世上如侬有几人？"一个最不愿意当皇帝的人，阴差阳错当上了帝王，最后却成了屈辱偷生的亡国之君，饮下毒酒而死。他

南宋 李唐《清溪渔隐图》

也许曾见过董源的《潇湘图》，或也曾见过烟雨江南中漂于江湖之中的孤舟钓翁，最后被封违命侯幽闭于汴京一隅的他，大概真的无比向往那种逍遥自在的生活吧！

宋代：世俗中的渔舟

宋代扬文抑武，不杀文人士大夫及上书言事者，提高文官俸禄等系列政策使得文人地位空前。那个时代文人的艺术理想，既不同于唐代韩柳的止于教化，也不同魏晋时期的避世隐逸，而是将政治理想和个人思想追求融于一体，既有"居庙堂之高"的内涵，也有"处江湖之远"的含义，这当然要归功于宋代皇帝对文人的优待和礼遇。其中的代表人物苏轼，一生屡遭贬谪，却始终抱有积极的政治理想。如果说李白"天子呼来不上船"的狂荡背后隐藏着失意，那么豁达洒脱的苏轼则始终把失意当成适意。他谪居黄州时所作《前赤壁赋》中的一句"渔樵于江渚之上，侣鱼虾而友麋鹿"，似乎有"驾一叶之扁舟""抱明月而长终"的隐逸避世的思想，然而他对于政治追求始终满怀热情。古代文人中大概没有谁像苏东坡那样，既积极入世又超脱淡定。由此，汉唐以来富丽堂皇、雄浑厚重的审美进入宋代一变而为以文人为代表的平淡自觉的取向。加上宋代城市经济繁荣，商品经济活跃，人们安居乐业，因此，宋代绘画中的渔舟成为一种世俗化、

生活化和平淡化的形象。

　　与夏圭、刘松年、马远并称"南宋四大家"的李唐（1066—1150），最早在北宋徽宗的宣和画院供职，1127年金兵攻陷汴京，高宗南渡，李唐颠沛流离，逃往临安，以卖画度日，将近八十高龄才回到南宋画院任待诏。他这时候的代表作之一《清溪渔隐图》全卷描绘了钱塘一带山区的雨后景色。茂树成林的村庄经一场大雨过后，水汽弥漫，溪水涨溢，湍流之中水磨在快速转动，另一端却是水面平静，一位老翁怡然自得地垂钓于江苇边。左边的急流盘涡、水车忙碌和右边的水明如镜、村翁垂钓形成鲜明对比，渲染出一种波澜不惊的心境。

　　站在历史的角度上看，作者李唐目睹失国之痛，身心也受到了极大的打击，在南渡前后很长的一段时期生活困顿，理想在世俗生活中得不到实现和满足，他想逃脱世俗的樊笼，追求一种淡泊的生活，这也使得作品自然流露出一种宁静、淡泊的隐逸气息。

元代：半隐半仕的"渔父"系列

　　时至元代，汉族文人仕进无门，社会地位骤降，江南士人遭遇尤甚。汉族士大夫难以施展抱负，无论是坚不改志的宋代遗民如钱选、龚开，事元且官场得意的如赵孟頫、朱德润，入仕而后解官归隐的如黄公望、王冕，还是无心仕途的归隐名士如吴镇、倪瓒、顾瑛，都有超脱世俗的理想与追求。将一腔激愤化作山居、田园之作，正是当时文人的心理需求。于是，隐逸山水的生活方式在元代比任何一个朝代都更为流行，"渔隐"主题因此也就更频繁地出现在绘画作品中。其中又以吴镇的"渔父图"系列最为典型。

吴镇（1280—1354），字仲圭，浙江嘉善人。他隐居乡里，曾以卖卜为生，后来"潜迹委巷，绕屋植梅"，又号"梅花道人"。他一生不出仕，生活清贫，却也安贫乐道。他曾经这么说过："我欲赋归去，愧无三径就荒之佳句。我欲江湘游，恨无绿蓑青笠之风流。学稼兮力弱，不堪供其末耜。学圃兮租重，胡为累其田畴。……顺生侊老，吾复何求也？"——写诗没有好句子，想流浪江湖又没有风流态度；种地没有好身板儿，侍弄花园又嫌租金贵……说来说去，能做的也就是从心所欲罢了。大概元代文人大多落魄，所以吴镇虽然穷，却也穷得淡定自若。

他老婆也抱怨他穷，数落他的段子都流传了下来：吴镇跟当时有名的画家盛懋"比门而居"，盛懋家每天门庭若市，"四方以金帛求盛画者甚众"，而隔壁默默无名的吴镇家则门可罗雀。吴镇的老婆笑话他："你看看你，每天画呀画的，什么时候能画出盛懋的名堂来？"被老婆骂得很没脸面的吴镇却回答说："二十年后，不复尔。"后来果如其言，吴镇成为"元代四大家"之一，至明代更是声名鹊起。

吴镇生活在富庶繁华的嘉兴，江浙一带湖泊众多，渔业发达，因此在隐于山林、隐于水泽、隐于市等诸"隐"类型之外，他独好"隐于渔"，并创造出极具个人特色的渔隐题材山水画法。他喜欢画"渔父图"，同名画作有二十余幅。

追溯渔父形象在文学作品中的源头，应该是出自《庄子》和《楚辞》中同样名为《渔父》的诗文。庄子借渔父之口阐述了"持守其真"、还归自然的哲学思想和无为而治的政治主张。屈原所著《楚辞》中，渔父点化屈原的一句话流传甚广："沧浪之水清兮，可以濯吾缨。沧浪之水浊兮，可以濯吾足。"渔父在这里是一个欲引屈原"悟道"的先知，凸显了渔父那种超然物外、散淡闲适、自得其乐的精神。这两篇《渔父》可谓开后世之流风，开启了我国的"渔父文化"传统。渔父成了清高孤洁、避世脱俗、笑傲江湖的智者隐士的化身，渔父形象也就

元 吴镇 渔父图一 局部

成了文人、画家寄托情感的载体。

吴镇喜欢画渔父图，还喜欢以遒劲潇洒的草书相配，诗、书、画相得益彰。这其中有当时文人隐逸的风气影响，同时，也是他早年外出游历于名山大川，受道家"天人合一"思想影响的反映。

他的渔父图卷，画面都很空灵，画卷两端略置山峦、树木，中间的画面用大量留白来表现江水的浩荡无边，有一种空灵飘逸之感，其间飘荡着一只只渔船，每船一渔父。而且每一幅渔父图都附有一首小诗，诗境幽雅高洁，也表达了他个人的心境和人格境界。比较有名的有：

洞庭湖上晚风生，风触湖心一叶横。
兰棹稳，草衣轻。只钓鲈鱼不钓名。

红叶村西夕照馀，黄芦滩畔月痕初。
轻拨棹，且归欤。挂起渔竿不钓鱼。

五岭风光绝四邻，满川凫雁是交亲。
云触岸，浪摇身。青草烟深不见人。

元 吴镇 渔父图二

如何小小作丝纶，
只向湖中养一身。
任公子，尔何人。
枉钓如山截海鳞。

绿杨湾里夕阳微，
万里霞光浸落晖。
击楫去，未能归。
惊起沙鸥扑鹿飞。

他的另一幅竖轴渔父图也很有代表性。画中是一片江南水乡景色，平冈丛树，一渔父驾小舟逍遥于山水之间。一种幽僻清寂的意境跃然纸上，给人以远离尘俗之感。上方自题："目断烟波青有无，霜凋枫叶锦模糊，千尺浪，四腮鲈，诗筒相对酒葫芦。"

吴镇笔下的渔父，是"渔翁"，又胜却"渔翁"。一方面，他们是最底层的百姓，日出而作，日落而息，"舴艋舟人无姓名"，却得以"葫芦提酒乐平生"，过着逍遥自在、无拘无束的生活，是乱世之中文人们艳羡的对象；另一方面，他们徜徉于江湖之中，或钓，或饮，或静观，"抛却渔竿踏月眠"，或者干脆"挂起渔竿不钓鱼"。诗中表现出这样的率性，显然说明主人公并不是为讨生计而奔波劳碌的平民，而是追求闲逸的渔父生活的文人隐士吧。

同一时代的盛懋，生卒年不详，这便是上文提及的与吴镇"比门而居"的那位画家。与吴镇不同，盛懋出生于小康之家，他父亲在南宋末年已是一位受欢迎的画工。元代江南地区的人民依然沿袭买画爱画的风俗，他子承父业，作为一个民间画家，描绘的则大多是民间百姓生活，所以他的画深受老百姓的欣赏和喜爱。盛懋画技高超，画山水、花鸟、人物俱精。但是，他并没有满足于成为"畅销画"作者，他看见自己的局限，于是便拜赵孟頫的弟子为师，也开始学习文人画的"意境"。《图绘宝鉴》这样记述他："始学陈仲美，略变其法，精致有余，特过于巧。"陈仲美即赵孟頫的学生陈琳，盛懋受其影响，改变了一些画法，但始终被当时画坛嫌弃"精致有余"而意趣不足。

《秋溪钓艇》是一幅扇面小品，画面上远山绵延，湖面开阔；近景画一株茂木，树下泊舟一叶，渔父一手操桨，侧膝操竿，正回首眺望湖面上低飞的水鸟，整体形象看起来更像是文士而不是渔父。从画中也可以看出盛懋受宋人影响

元 盛懋《秋溪钓艇》

元 盛懋《秋舸清啸图》

之深，深得宋画精致秀雅美之精髓，只是后来各位元画鉴赏大家均以荒逸的文人画为优，盛懋才成了段子里的"不复尔"。

盛懋的另一幅代表作《秋舸清啸图》，远处山峦起伏，江中篷船上一渔人在后摇橹撑船，前方一文士似乎正酒醉后仰天长啸。船舱中半露的阮琴和人物前方的酒坛提示观者，画中人物正是魏晋时期竹林七贤之一的阮籍。相传阮籍酒后好鼓琴，更好仰天长啸。但是，画中人物的形象处理却被颇多人诟病。一般认为，文人画山水，其中的人物只占极小的比重，只有职业画家才会将人物放大，将山水作为人物的陪衬。盛懋在此明显落了俗套。但是，作者用"文人"的意趣构思，用"画工"的思维下笔，却也显示出元代山水画的另一种风貌。

吴镇和盛懋，因为史书记载的一个段子，莫名就结下了梁子。其实大家都忘了，在故事里，被吴镇看不起的盛懋，在吴镇穷到没米下锅的时候，曾经专门送钱给他。盛懋也许心里很爱重吴镇的才华，只是吴镇自己有些别扭罢了。在盛懋和吴镇之间，可以看到所谓宋人尚"法"和元人尚"意"的分歧——盛懋学宋人笔法，注重形态和造型；而吴镇则进入一种哲学的表达，更加注重的是意趣。

看过"隐士"吴镇和"画师"盛懋，我们再来看看半隐半仕的王蒙。

王蒙是元朝大画家赵孟頫的外孙。赵孟頫本人在当时名声地位始终复杂尴尬，他作为宋室贵胄却在元朝出仕甚至官拜一品，虽才华横溢，却被时人不齿。王蒙自小受家庭熏陶，画艺超群，也因为家庭出身原因，对于出仕隐退的态度始终暧昧不清。他一生中出出入入、隐隐仕仕，反复三十年。他携妻带子，不得志时过着"卧青山，望白云"的隐居生活，一旦政局好转便又出山为官。最后在明朝初期出仕，却受到反臣清党的株连，冤死于狱中。

他的《花溪渔隐图》画面境界幽深，近景是一位优哉游哉坐在渔舟上的隐士，沿着江水往上看去，一路崇山峻岭，重峦叠嶂，气势雄浑。半山腰处，溪流潺潺，桃花点点，春意盎然，一处整洁的庭院掩映在丰茂花木之中，一位妇人正在

元 王蒙《花溪渔隐图》

柴门前张望。这大概便是王蒙自己隐居生活的真实写照。

王蒙与倪瓒、黄公望、吴镇并称为"元代四大家"，其一生中创作了许多隐逸山水画，但仔细观察，会发现他的画气息不如黄、吴、倪的作品那么平静超脱，总是充满矛盾和挣扎的情感。虽说主题是隐逸山水，画面却常常塞满了楼台庭院、妇人孩童，他的心境似乎依然停留在俗世凡尘之中。纵观王蒙的一生，他对于隐仕的态度始终存有纠结，以致晚年出仕落得悲惨下场，令人扼腕叹息。但也正是这种复杂的心境，使得他更加细腻多情，反映在绘画中便是技法多变、繁复渲染，从而才有了这种重峦叠嶂的气势和出尘入世的生活气息，既诗意又现实，既浪漫又质朴。他的摇摆不定，毁了他的一生，却在某种程度上，成就了他的艺术。

这使我想起两则故事。一则是世人皆知的姜太公钓鱼——愿者上钩的故事。姜子牙以无饵直钩垂钓于渭水之滨，钓来了礼贤下士的周文王姬昌，于是以九旬之躯出山做相，辅佐文王成就大业。再一则就是严子陵的故事。严子陵对刘秀有救命之恩，却对高官厚禄不屑一顾，宁愿过着耕读山中的归隐生活。"伪渔父"姜子牙和"真隐士"严子陵，为后世文人在仕和隐之间的抉择提供了两种不同的蓝本。

明代：渔舟形象回归世俗

如果说元代的渔隐图倾向于营造一种脱离尘世的超然境界，倾向于把渔父形象想象为文人逸士甚至是画家本人，来表达画家心中的孤寂和潇洒，那么明代的渔隐图则又回归了世俗生活的风貌。明代宫廷对于民间世俗文化有着特别的偏爱，上行下效，使得明代整体的艺术创作倾向于世俗化。此外，由于明代中后期工商业的发展，资本主义开始萌芽，出于对物质的追求，士、商融合，士大夫也可以同时是商人，满足个人意志的"市隐"理想成为主导。因此，绘画中将自然山水与世俗生活结合的构图也成为主流。

明代早中期浙派代表画家吴伟的作品《江山渔乐图》，画的是三五成群的渔人正在撒网、交谈、撑篙、休闲，展示出一副热闹欢愉的劳动情景。其中的渔父形象已经脱离了元代文人画中孤寂、静谧的文人隐逸意象，他们只是普通的劳动者。

吴伟原本是江夏（今湖北武昌一带）人，因父亲病逝，流落至海虞（今江苏常熟），曾被湖广布政使钱昕收养。十七岁时，他独自闯荡南京，受到成国公朱仪赏识，朱仪惊呼吴伟为"小仙人"，从此，吴伟便以"小仙"为号。二十多岁时，他来到北京，明宪宗召见了他，并赐予他锦衣卫镇抚的职位，以及"画状元"印章，任职于画院（据说授锦衣卫的武官官职给画家，也是明代画院特有的怪现象）。吴伟少年时的流浪经历，令他对周边小民的生活状态都有

明 吴伟《江山渔乐图》

深入的体验，画中渔人的细节都很生活化，也反映出他对景物、对生活极细致的观察力。

成化、弘治年间内廷画师中的顶尖高手钟钦礼所作的《雪溪放艇图》，据说描绘的是《世说新语》"雪夜访戴"的故事：王子猷居山阴，夜大雪，忽忆戴安道，便夜乘小船就之。经宿方至，造门不前而返。曰："吾本乘兴而行，兴尽而返，何必见戴？"王子猷这种不讲求实务效果、但凭兴之所至的惊俗行为，十分鲜明地体现出当时士人所崇尚的任诞放浪、不拘形迹的"魏晋风度"。

明 钟钦礼《雪溪放艇图》

只见画面上一片萧索清幽的景象，远处山峰积雪皑皑，一处寺观隐藏于高岭之上。近景溪中有一舟，渔人在寒溪上放舟漂流，一文士倚在舟篷下，正是自由任诞的王子猷。溪边枯林中掩映着几间茅堂，也许正是戴安道的住所。乘兴而行，兴尽而返，他在意的不过是随性而为的自由自在。思想是最不易被禁锢的东西，饱受各种封建礼教束缚的文人，对那种自由任性如何不向往呢？画中天水墨气一色，江南的寒冬雪景，萧条中带着湿润之气，那种湿寒跃然纸上。那雪中放舟的渔人呢？其实文人就算是隐逸，想必也做不来真正的渔父，只愿在那漂游于水面之上的舟中逍遥自在便可，那寒风暴雪中划棹放舟的艰辛困苦，他们如何能真正体会呢？

如果说元代的渔隐图，大多把渔父形象描绘为文人逸士甚至是画家本人，那么到了明代，画家更多是作为一名旁观者，去描绘世俗生活中的渔父，使得画中充满了现实主义意味。

清代：渔隐主题走向没落

与元朝对汉族文化和文人的贬低不同，清朝统治者了解汉族文化的优越性，并主动接受它。在对待文人方面，清朝采取两手准备，一方面大兴文字狱来震慑汉族士人，达到思想控制的目的；另一方面，为了使文人们有用武之地，他们开史馆，开四库馆阁。皇帝标榜"盛世修史"，以此达到笼络控制当时的优秀学者文士的目的。在这样一个繁荣昌盛的新朝代里，前明的遗民做出了一种尴尬的选择：虽然对朝廷有诸多不满，却还是以为朝廷著述的形式与之合作。大师黄宗羲虽然拒绝出山为官，但他送自己的儿子参加了清王朝对《明史》的编修，死硬分子顾炎武的两个外甥也进了"明史馆"，连朱彝尊这位明朝宗室后裔，也入值了康熙王朝的南书房……

在这样的政治环境下，清代的文人隐士不多，主要是清初的明末遗民，画家中的代表是清初"四僧"。"四僧"指的是石涛、朱耷、髡残和弘仁。前两位是明宗室后裔，后两人是明代遗民。明亡后，他们为避杀身之祸，隐姓埋名，看破红尘，遁入空门，身披袈裟，广交才人。他们冲破当时画坛摹古的樊篱，标新立异，创造出独具一格的画风，予后世以深远的影响。其中石涛的山水画更是构图新颖，笔墨多变，十分富有创造性。

石涛一生仿佛都是个矛盾的存在。他身为明宗室后裔，为逃生而出家，却又两次跪迎康熙皇帝；既已出家为僧，却又结交权贵；以"僧人"面世，却又无心研究佛典；写了《画语录》，标新立异，却又在晚年大加删改，并改名为《画谱》，将往日的锋芒一概抹去，复归守旧故道。

石涛曾应辅国将军博尔都之邀，到北京作客三年，周游于权贵之间。但他最终未能受到朝廷的重视。不得志的石涛回到江南，定居扬州，郁郁寡欢之中，欲"大涤"前尘。由于他四处游历，饱览名山大川，"搜尽奇峰打草稿"，作品形成了自己的独特风格。他作画善用墨法，枯湿浓淡兼施并用，有方有圆，粗拙中又有一种明秀之气。

他曾在诗中写道："老木高风着意狂，青山和雨入微茫。图画唤起扁舟梦，

觀湖才子江東似東方曼倩稱倩後光

清 石涛《山水画册》局部

一夜江声撼客床。"一叶扁舟隐逸远去只是图画唤起的梦，大概石涛内心深处并不甘于做一名常伴青灯古佛的隐者。

从明代中后期到清代，隐逸精神的世俗化已经成为一种普遍现象，于是文人中兴起另一种文化潮流——从山林走向闹市，从自然走向社会，从超逸走向世俗。文人们已不甘于继续隐逸山林，而选择迁入城镇闹市，卖艺为生，变成了"市井奇人"，比如大名鼎鼎的"扬州八怪"。消极避世在明清文人的意识中渐渐淡化了，最终导致隐逸文化的没落。这个时期的文人把精神的快乐建立在物质享乐的基础上，他们在红尘俗世中挣扎沉浮，痛，并快乐着。那一只关于自由和理想的不系舟，停泊于灵魂深处的某个角落，成为最初也是最后的梦想。

细看中国历史，千百年来描绘着自己心目中的渔隐图的画家们，同无数有着隐逸情结的文人士大夫一样，他们面对着现实中的无奈和失望，幻想着理想中的世外桃源，欲拔身浮华世外，却又眷恋十丈红尘；回忆着桃李春风一杯酒，叹息着江湖夜雨十年灯。

小时候读柳宗元的《渔翁》："渔翁夜傍西岩宿，晓汲清湘燃楚竹。烟销日出不见人，欸乃一声山水绿。回看天际下中流，岩上无心云相逐。"其中的"欸乃一声山水绿"总令我觉得奇趣盎然，尤其那一句"欸乃一声"，勾勒出怎样的一片神秘境界啊！很多年之后，听到电视剧《笑傲江湖》中刘欢老师唱的主题曲，只觉那破空而来的一句"咿呀——"，演绎出一种荡气回肠的江湖气概，心想这也许就是千年前柳宗元的那"欸乃一声"吧。然而那一片江水滔滔，两岸峰峦叠起，那一叶孤舟，早已不知漂往哪里去了。

无数个失意的古代文人，清风满襟袖，白云相去还，寄蜉蝣于天地，渺沧海之一粟，梦想着天地茫茫，扁舟从此逝，山水寄平生。渔隐之意不在鱼，在乎山水之间也；山水之乐，得之渔而寓之心也。

辑五

历史传承

清溪浅水行舟；微雨竹窗夜话；暑至临溪濯足；雨后登楼看山；
柳荫堤畔闲行；花坞樽前微笑；隔江山寺闻钟；月下东邻吹箫；
晨兴半柱茗香；午倦一方藤枕；开瓮勿逢陶谢；接客不着衣冠；
乞得名花盛开；飞来家禽自语；客至汲泉烹茶；抚琴听者知音。
此乃苏东坡所谓『人生赏心十六件事』。

中国是茶的国度。

中国人最先发现和利用茶。世界各种语言中的"茶"，都是从中国对外贸易港口所在地广东、福建一些地区"茶"的方言音译转变而来的。据说，早在神农氏的时候就已经有了茶，据《神农本草经》载，"神农尝百草，日遇七十二毒，得荼乃解"，"荼"就是茶。最初，茶树是中国南方的一种"嘉木"，所以，中国的茶业最初也孕育、发生和发展于中国的南方。东汉《桐君录》中说："西阳、武昌、晋陵皆出好茗，巴东别有真香茗，煎饮令人不眠。"唐以前人们将饮茶叫作"茗饮"，就和煮菜饮汤一样，是用来解渴或用来佐餐的。而饮茶是怎样从一种日常琐事进化乃至上升为一种茶文化、茶艺术的呢？从流传至今的一些画作中，我们或可以一窥古代茶事的发展演变。

唐朝：茶的兴起

茶的真正兴起是在唐朝。唐代封演《封氏闻见记》记载："茶，南人好饮之，北人初不多饮。开元中，泰山灵岩寺有降魔师，大兴禅教。学禅，务于不寐，又不夕食，皆许其饮茶；人自怀挟，到处煮饮，从此转相仿效，遂成风俗。"这段记载，反映了我国黄河流域饮茶的风气，是在开元以后随北方的"大兴禅教"而连带发展起来的。因茶有提神益思的功能，故寺庙崇尚饮茶，在寺院周围植茶树、制定茶礼、设茶堂、选茶头，专供茶事活动。在唐代形成的中国茶道分为宫廷茶道、寺院茶礼、文人茶道。

唐代茶事兴盛的另一个重要原因是朝廷贡茶的出现。因为宫廷大量饮茶，加之茶道、茶宴层出不穷，朝廷对茶叶生产十分重视。唐代宗开始设立官焙，每年各地新茶采摘后，便日夜兼程送到长安，以便在清明宴上享用，故有诗云："天子须尝阳羡茶，百草不敢先开花。"

而唐朝茶事的最伟大之处，在于这个时代孕育了中国茶文化史上赫赫有名的两大人物——卢仝和陆羽。所谓的"陆羽著经，卢仝作歌"，被称为中国茶文化史上的两件大事。

在中国茶文化史上，陆羽所创造的一套茶学、茶艺、茶道思想，以及他著成的《茶经》，是一个划时代的标志，后世因之尊称他为"茶圣"。陆羽取水极为讲究，在他看来适合做好茶的水以山泉水为上，河水与泉水次之。煮水的过程分为三个阶段：当水面上冒出鱼目般的细泡时，称为一沸；当气泡有如水晶珠子般滚动泉涌时，称为二沸；当壶水波涛汹涌、翻腾不已时，则是三沸。茶饼要先放到火上炙烤片刻，后放入茶臼或茶碾中碾成茶末，再入茶罗筛选。于水一沸时要加入盐，茶则于二沸时投入。三沸时，则倒入一勺冷水让壶水平静下来，这样做也能"让水重获生机"。到了这个时候，终于可以把茶舀到茶碗中品尝了，嗯——真是天上才有的甘露啊！

正是这样一款饮品，才让唐代诗人卢仝留下如此诗句："一碗喉吻润。二碗破孤闷。三碗搜枯肠，唯有文字五千卷。四碗发轻汗，平生不平事，尽向毛孔散。五碗肌骨清。六碗通仙灵。七碗吃不得也，唯觉两腋习习轻风生。蓬莱山，知何处？玉川子乘此清风欲归去。"（《走笔谢孟谏议寄新茶》，也叫《七碗茶诗》）茶一碗一碗喝下去，令人不但感到身体上的感觉变化，更有精神上的变化，茶的功效和卢仝对茶饮的审美体验，在诗中表现得淋漓尽致。人以诗名，卢仝以此被世人尊称为"茶仙"。《七碗茶诗》在日本广为传颂，并演变为后来的日本茶道。

元代钱选《萧翼赚兰亭图》描绘的是唐太宗遣萧翼骗取兰亭序的故事。画面左下有一老仆人蹲在风炉旁，炉上置一锅，锅中水已煮沸，茶末刚刚放入，老仆人正手持"茶夹子"搅动茶汤；另一旁，有一童子弯腰，手持茶托盘，小心翼

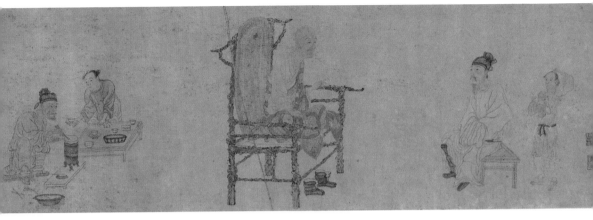

元 钱选《萧翼赚兰亭图》画心

翼地准备"分茶"。这幅画佐证了唐代禅茶一体的发展。

《唐人宫乐图》中，画面中央是一张大型方桌，方桌中央放置一只很大的茶釜（即茶锅），右侧中间一名女子手执长柄茶杓，正在将茶汤分入茶盏里；她身旁的那名女子手持茶盏，似乎听乐曲入了神，忘了饮茶；对面的一名贵妇则正在细啜茶汤，侍女似乎怕她醉茶，在她身后轻轻扶着。

从《唐人宫乐图》可以看出，茶汤是煮好后再放到桌上的，之前备茶、炙茶、碾茶、煎水、投茶、煮茶等程式大概已经由侍女们在另外的场所完成；饮茶时用长柄茶杓将茶汤从茶釜盛出，舀入茶盏饮用。茶盏也叫茶碗，有圈足，便于把持。画以"宫乐"为重点，但"茶饮"的画面也相当引人注目。这幅画集饮茶与听乐于一体，可以说是对典型的唐代饮茶场景的重现，也说明了茶事在当时贵族生活中的重要地位。

唐 佚名《唐人宫乐图》

宋朝：斗茶盛行

到了宋代，朝廷在地方建立了贡茶制度，地方为挑选贡品需要一种方法来评定茶叶品位高下。据唐冯贽《记事珠》记载，斗茶源自贡茶的生产地福建建安。最初以茶农为代表的世俗斗茶，目的是通过斗茶竞选出优质茶上贡给朝廷。宋代一代名相范仲淹《斗茶歌》中写"北苑将期献太子，林下英豪先斗美"，苏东坡有诗云"争新买宠各出意，今年斗品充官茶"，从中都可以看出斗茶与贡茶的因果关系。后来斗茶慢慢流行，上至宫廷皇室、文人雅士，下至市民百姓、茶商茶家，都有人加入斗茶的活动当中。他们不但喝茶斗，产茶斗，卖茶也斗，于是关于斗茶的绘画就此产生了。

这幅描绘民间百姓斗茶的《茗园赌市图》为宋代画家刘松年所创作。刘松年是浙江杭州人，为南宋孝宗、光宗、宁宗三朝的宫廷画家。这幅画的可贵之处在于，它将宋代街头民间斗茶的景象淋漓尽致地呈现在众人眼前。

宋代有名的贡茶是福建建安的北苑贡茶，其中"龙凤团茶"闻名于世。点茶所用的就是团茶，所以斗茶者必须先将团茶碾成茶末。投入茶碗中，注入沸水，再用茶筅在茶盏中拂击筛打，茶汤于是形成细密的茶末，如果茶末研碾细腻，点汤、击拂恰

南宋 刘松年《茗园赌市图》

到好处，汤花匀细，"咬盏"久聚不散，便为最佳。画中五个茶贩，有的在注水点茶，有的正在举杯品茶。画的右边，有一挑担卖茶的小贩停下旁观，旁边有一妇人，一手拎壶另一手携小孩，边走边回头看斗茶。画中人群的目光都聚集在茶贩们的斗茶上，从四人相对而立的架势可以隐约看出其中针锋相对的紧张气氛，而题目中的"赌"字，更是一语道破斗茶者之间剑拔弩张的气势。这是因为这种斗茶活动是茶农对自家茶品的品赏与推销，最终胜负关乎自家茶园的声誉和生意好坏。范仲淹《斗茶歌》中的诗句"胜若登仙不可攀，输同降将无穷耻"写的正是斗茶者输、赢两家的心态。

民间斗茶之风既起，文人自也不甘落后。下面这幅描绘文人士大夫之间斗茶的茶画《撵茶图》同样为刘松年所绘。与市井街头的平民斗茶不同，文人斗茶先要选一个优雅的环境，在花木扶疏的庭院中，各自取出所藏的精致茶品，轮流品尝，以分高下。

画幅的左侧，是正在操作点茶程序的仆人。一人正在转动茶磨碾茶，另一人正手提汤瓶点茶。画幅的右侧，就是品茶的主人翁了。一僧伏案执笔作书，一人相对而坐，似在观赏，另一儒士端坐其旁，正展卷欣赏。一切显得十分安静整

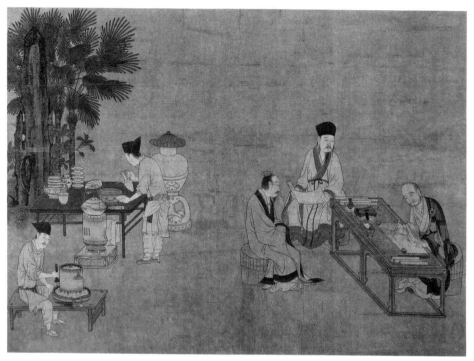

南宋 刘松年《撵茶图》

洁，专注有序。文人斗茶实际上也属于雅集的一种方式，这份风雅和高洁，与街头点茶大有不同。

当然，宋朝最高端的斗茶还要看这里——宋徽宗绘画的《文会图》。

宣和二年（1120），宋徽宗延臣赐宴，表演分茶之事。徽宗先是令近侍取来茶盏，然后亲自注汤击拂。一会儿，汤花浮于盏面，呈疏星淡月之状。接下来，徽宗将茶分给诸臣。诸臣接过御茶品饮，一一顿首谢恩。《文会图》正是这一场面的真实再现。

在宽敞幽静的皇室庭院中，垂柳修竹，树影婆娑，中间摆设一张巨大的黑漆镶镙钿宴会桌，上面摆有果盘、瓶花和杯盏等。身着儒衣纶巾的文士围坐一起，或端坐，或谈论，或持盏，或私语，意态闲雅。旁边的宫廷侍者往来其间，画中场面宏大又不失优雅，将茶宴同美食、插花、音乐、焚香等融汇在一起，又是另一种皇家气派。

画中烹茶分茶的工作都由仆人侍者完成，有的在炭火桌边烧水备茶，有的正

北宋 赵佶《文会图》

往茶碗里分茶，有的正向来宾奉茶。而宋徽宗以帝王之尊，一时兴至亲自分茶、赐茶，引以为乐。

"分茶"又称"茶百戏"，或称"水丹青"，有点类似现在冲咖啡的拉花技巧。但咖啡拉花用的是浓厚的奶油，容易定型，而"分茶"则是茶与水的冲击，茶冲入水中，汤花在转瞬即灭的刹那显示出多变的形状，需要更高的技艺。北宋陶榖《清异录》记载道："近世有下汤运匕，别施妙诀，使汤纹水脉成物象者。禽兽虫鱼花之属，纤巧如画。但须臾即散灭，此茶之变也。"宋徽宗一生挚爱风雅，嗜茶如痴，著有茶书《大观茶论》，至于点茶、分茶这一雅事更是当仁不让。也正是在这位皇帝的大力推行下，宋朝上下品茶斗茶盛行一时。

以上这些茶画真实反映了宋代时期上至帝王将相，下至黎民百姓风靡一时的斗茶现象，同时，我们也可以从中看到当时流行的各种点茶茶具。如在刘松年《撵茶图》中，碾磨茶饼所用的茶磨、煮水用的风炉、刷茶用的"宗从事"、注水的"汤提点"、盛茶汤的茶盏等均可寻见。赵佶在《大观茶论》论及茶器："盏色贵青黑，玉毫条达者为上，取其焕发茶采色也"，"茶筅以箸竹老者为之……当如剑瘠之状"，"瓶宜金银，小大之制，惟所裁给"，"勺之大小，当以可受一盏茶为量"……文中所说这些器具也几乎都能在《文会图》中看到实物。

北宋 赵佶《文会图》局部

宋代点茶法兴盛，一方面是经济繁荣、文化昌盛的结果，另一方面也和文人士夫闲雅细致的生活品位不无关系。宋徽宗《大观茶论》里说："缙绅之士，韦布之流，沐浴膏泽，熏陶德化，盛以雅尚相推，从事茗饮。故近岁以来，采择之精，制作之工，品第之胜，烹点之妙，莫不盛造其极。"如果说唐代的茶文化是由文人雅士隐士僧人来引导潮流，那么宋代茶文化则已走向全社会，可谓茶为举国之饮。

明朝："天人合一"的茶道精神

宋朝最后为元所灭，元朝采取了一系列的民族歧视政策，导致汉族文人社会起了翻天覆地的变化，而唐宋时期建立起的茶事礼仪基本消亡殆尽。日本的冈仓天心在《茶之书》里写出了这一段历史："不幸的是，蒙古部族的势力于13世纪时突然扩张，一举征服了中国，在该次异族统治的践踏之下，宋代文化的成果全被破坏一空。汉族正统的明朝，虽然于14世纪起义时打着复兴中华旗号，却深为内政问题所苦，中国也于17世纪再度落入外族满人之手。在这段期间，昔日的仪礼与习俗纷纷消失殆尽，我们可以发现，明代有个学者注释宋代古籍时，已经茫然不识茶筅的形状。因为时至当时，茶已经是整叶放在茶碗或茶杯中用热水浸泡，茶末相关的饮法早已完全被遗忘了。"

明代的开基皇帝朱元璋当过和尚，接触过寺庙里的散茶，登基后觉得团茶的制作过于奢侈，劳民伤财，于是下诏废团茶改散茶。于是，唐宋时期碾末而饮的煮茶法，变成了以沸水冲泡散茶而饮用，称为"撮泡法"，品茶方式发生了划时代的变化。明人认为，这种"撮泡法"简单便捷，而且天趣悉备，最得茶的真味，于是这种品茶方式得以流传下来，沿袭至今。

朱元璋第十七子朱权，是明代茶文化的主导者与发展者，被称为"自然派"茶人。朱权十三岁时被封为宁王，手握重兵，被朱棣胁迫起兵发起"靖难之役"，但是朱棣即位后，便夺其兵权，并欲以巫蛊诽谤之罪置他于死地。政治险恶，朱权因此不问世事，走向了人生的另一面——隐逸。在隐逸的道路上，他创出了"自然派"茶道。他写了一本《茶谱》，对废除团茶后新的品饮方式进行了

明 唐寅《事茗图》

探索，改革了传统的品饮方法、行茶仪式和茶具，提倡从简。

朱权所引领的茶艺思想，有两个突出特点：一是哲学思想加深，主张契合自然，注重茶与山水、天地、宇宙的交融；二是推动民间俗饮不断发展，茶人友爱、和谐的思想深深影响各阶层民众。在他的影响下，不少失意文人开始步入并留恋起此道来，这也使得明代文人画中以茶为主题的茶画相当流行。

唐寅所作《事茗图》，开卷便见青山环抱，林木苍翠，飞瀑直下，溪流淙淙。一座茅舍藏于松竹之中，环境幽雅。屋中厅堂内，一人倚案读书，边舍内一童子正在煽火烹茶。屋外板桥上，有客策杖来访，一僮携琴随后。泉水轻轻流过小桥，透过画面，似乎可以听见潺潺水声，闻到淡淡茶香。

唐寅一生仕途不得志，在画中经常流露出怀才不遇、孤芳自赏的情怀。《事茗图》中有诗："日长何所事？茗碗自赉持。料得南窗下，清风满鬓丝。"主人翁空有大志却无所事事，只能从品饮事茗中寻求寄托。端坐南窗，清风徐来，品饮一盏好茶，亦是人生一大快事。

巧妙的是，这幅题为《事茗图》的名画，是画家送给一位名叫陈事茗的朋友

的。陈事茗是书法家王宠的邻友，而王宠为唐寅的儿女亲家，这样一来，陈氏与唐寅也交往甚多。一幅描绘事茗的茶画，送给文友陈事茗，实在是最巧妙不过的雅事！

另一位著名画家文徵明也酷爱饮茶，曾说自己"吾生不饮酒，亦自得茗醉"。他也画了不少茶画，如《惠山茶会记》《品茶图》《陆羽烹茶图》《茶具十咏图》等，有十数幅。《品茶图》描绘了某日的山中茶会。画面上，主客二人正端坐室内享受对啜之乐，另有一人从石板桥上徐徐而来。而茶寮里架好了茶炉，侍童正在烧火烹茶。画中青山深远，有茂林青松、茶寮书斋，好一个悠闲、清静的所在！画上题诗："碧山深处绝纤埃，面面轩窗对水开。谷雨乍过茶事好，鼎汤初沸有朋来。"诗后有跋文："嘉靖辛卯，山中茶事方盛，陆子傅过访，遂汲泉煮而品之，真一段佳话也。"点明了此画所绘事件发生的时间、地点、人物和主题。

唐寅、文徵明所作茶画看起来颇有共通之处，这便是明人饮茶讲究的"天人合一、契合自然"的茶道境界。画中的茶舍都契合了明代文人所追求的理想境

碧山深处绝纤埃，面对闲窗啜苦茶。好影汤而沸有明寒，陆子传过访道泼泉煮，而品之真一段佳话也。嘉靖辛卯山中茶事方盛

徵明製

界："构一斗室，相傍山斋，内设茶具，教一童专主茶役，以供长日清谈，寒宵兀坐。"（文震亨《长物志》）他们或于山间清泉之侧，或于古亭之内，或于江畔，与友人相聚，鸣琴烹茶。正如另一位文人画家徐渭所言的"最佳茶境"："宜精舍，宜云林，宜永昼清谈，宜寒宵兀坐，宜松月下，宜花鸟间，宜清流白云，宜绿藓苍苔，宜素手汲泉，宜红妆扫雪，宜船头吹火，宜竹里飘烟。"如果说，唐宋时期更注重烹茶的水质、火候及斗茶、分茶的技巧，明代则把品茶的重心转移到环境和氛围的营造上。这是明代文人追求雅致生活所致，也迎合了朱权"自然派"茶道主张茶与山水天地交融、契合自然、茶人友爱、和谐共饮的茶艺思想。

同时代宫廷画家丁云鹏的茶画则让我们关注到明代品茶的茶具。以善画佛画、工笔人物著称的丁云鹏（1547—

明 文徵明《品茶图》

1628），字南羽，安徽休宁人。他一定也是极爱茶的人，这幅《玉川煮茶图》又名《烹茶图》，相同的主题他画过好几幅，主角均是唐代"茶仙"卢仝。卢仝自号玉川子，未满二十岁便隐居山林。家中贫困，只有破屋数间，"一奴长须，不裹头；一婢赤脚，老无齿"。这幅画画的正是卢仝的隐居生活。画中，他坐于蕉林修篁下，手执团扇，目视茶炉，聚精会神候火煮汤。身旁，"一奴"提壶取水，"一婢"双手捧盒。根据石桌上的茶具，可以看出明代已经开始使用煮水泡茶的"撮泡法"，不再是唐宋两代流行的煮茶、点茶。

清朝：走向世俗的茶文化

清代皇帝多酷爱饮茶。大概因为他们是发源于关外的游牧民族，肉食居多，饮茶利于消化。向斯《心清一碗茶——皇帝品茶》中记载，茶道发

明 丁云鹏《玉川煮茶图》

烧友乾隆皇帝可谓"不可一日无茶"，留下许多茶事轶闻，写下不少咏茶诗篇，还开创了清代宫廷春节茶宴的习俗，自创一道"三清茶"宴请群臣。这道"三清茶"，烹煮雪水，以龙井茶打底，以梅花、佛手、松子仁入茶，放入"三才盖碗"茶具饮用，可谓高雅至极。随着清代宫中茶礼的盛行，大批瓷质茶具和紫砂茶具进入宫廷，成为皇室御用器具。由于皇帝的高度重视，茶具的制造水平达到了陶瓷史上的最高水平，其造型之丰富，工艺之精巧，色彩之绚丽，可谓登峰造极。

清 佚名《乾隆皇帝行乐图》

清 金廷标《品泉图》

下面这幅《乾隆皇帝行乐图》画的正是乾隆坐在湖边树下赏月品茶的情景。一杯清茶，皓月当空，清风徐来，那一种悠游闲适，何其恬淡自在！

相似的情景也出现在金廷标的《品泉图》里，他是深得乾隆皇帝喜爱的宫廷画家。同样的明月清风和水边树下，同样在赏景品茶，皇帝和文人的品茶配置可以在此稍作对比。

《品泉图》里，文士身旁，一个童子蹲踞溪石汲水，另一个童子在竹炉边烧水煮茗。三人的汲水、备茶、品茗动作，自然而然地构成了一幅汲水品茶的连环图画。相比《乾隆皇帝行乐图》中装满茶壶、茶杯、茶盒的豪华三层木架，《品泉图》中装着竹炉、水罐、水勺、茗碗等的小提篮显得方便小巧，大概是古人外出旅行时的便携式烹茶道具。

清代，茶已经融入社会的各个层面，不再是上等阶层的专属饮品，因此也丰富了茶文化。也正是在清代，茶叶得到了广泛种植，并且产生了很多新品种。与此同时，茶文化深入市井，走向世俗。

"茶"已经触及人们生活的各个方面，从平民百姓到富家贵族，对于茶叶、泡茶用水以及茶具等都有着不同的选择。

在清代，茶在富家大族的生活中扮演着重要的角色，茶叶、泡茶用水以及茶具的择选，都默默彰显着他们显赫的身份与地位。这里参照一下《红楼梦》，有人说"一部《红楼梦》，满纸茶叶香"，据红学专家统计，在120回本的《红楼梦》中，有273处写到了茶。《红楼梦》里最深谙茶艺的莫过于妙玉。她给老祖宗贾母上茶，用的茶具是"海棠花式雕漆填'金云龙献寿'的小茶盘，里面放一个成窑五彩小盖钟"，备的茶品是"老君眉"，用的水是"旧年蠲的雨水"；她私下给宝玉、宝钗和黛玉三人用的水是将"收的梅花上的雪"用鬼脸青的花瓮装着在地下埋了五年；她给宝钗用的茶具是"（分瓜）瓟斝"，给黛玉用的是镌刻了垂珠篆字的"点犀（乔皿）"，给宝玉用的是"自己常日吃茶的绿玉斗"。在另一回合里，晴雯被赶出大观园后病倒，宝玉前去看她，她第一句话就是让宝玉给她倒杯茶喝，宝玉从灶台上一个"黑沙吊子"，拿了一个"甚大甚粗"、有"油膻之气"的碗，倒了一杯"绛红的，也太不成茶"的茶水，心中感慨不已。

清 孙温《红楼梦图册之贾宝玉品茶栊翠庵》

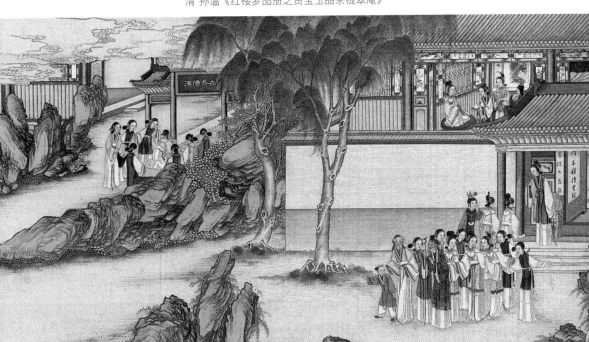

清 杨晋《豪家佚乐图》局部

由此可见富家大族和平民家庭大相迥异的两套茶事。

清代著名画家王翚的入室弟子杨晋所作《豪家佚乐图》描绘了豪门春、夏、秋、冬四季的享乐生活，此夏季部分画的正是富家大族中女眷休闲品茗的画面。树荫下摆着一张大长桌，两位雍容华贵、发髻高绾的妇人一边闲坐清谈，一边饮茶；前面，一个儿童在玩耍，旁边一个女佣正站在风炉边挥扇煮茶。在这清幽雅致的私家园林中品尝一杯清茶，足以驱暑消夏。

值得关注的是，到了清代后期，中国茶叶迅速走向世界，一度垄断了整个世界市场。茶进入了全球商业时代。在这一时期，广州街头出现了一批绘制西画的中国人。因采用西方绘画技术和材料绘制而成，这些画又反流到国外市场，被后人称为"外销画"。19世纪中期，林呱、庭呱兄弟在广州十三行开设画店经营外销画。当时中国尤其是广州的茶叶、瓷器、丝织品风靡欧洲，西方人希望能够了解这些"不可思议"的产品生产和加工的过程。两兄弟出品的这一套《中国古代茶作图》即表现了茶叶从耕种、制作到运输、销售的全过程。这一系列组画原为

锄地

播种

施肥

采茶

拣茶

晒茶

炒茶

揉茶、筛茶

装桶

行商

清 林呱、庭呱兄弟作外销画《中国古代茶作图》

满足西方人的好奇心而绘制，后来成为十分珍贵的反映古老中国社会民生的历史画卷，为西方人所珍藏。

　　清朝是中国最后一个封建朝代，清代茶事成为古代传统茶文化的终结，也成为现代茶文化的开始。晚清时期的吴谷祥所作的《雪窗煨芋又烹茶》似乎更契合现代已融入大众生活的品茶。画中题款写道："雪窗煨芋又烹茶。松烟炭火，茶熟壶温，寒夜客来以助剧谈，信可乐也。"在寒冬的雪夜里，一把提梁壶坐在风炉上煮水，旁边散落几根松枝、一箩炭、一把蒲扇，备好一个茶壶、几个杯子。乡间无所有，简简单单煨几只芋头便可待客佐茶，这样的日子，便已是岁月静好、现世安稳了吧。

如今我们喝茶，早已失去唐时的优雅和宋时的浪漫，仪式感的消失，使我们再也无法回到从前。即便是各地风行一时的茶道，也多是一些美女茶艺师流于形式、哗众取宠的表演。繁华落尽，我们所能品尝的唯有手中这一杯热茶，已无法体会千百年来茶道人所追求的淡定、从容的心境。

苏轼曾经列过"赏心乐事"的一个清单，大概有"微雨竹窗夜话""花坞樽前微笑""月下东邻吹箫""晨兴半炷茗香""客至汲泉烹茶""抚琴听者知音"等十六种。遥遥看去，每一种乐事都隔着一层岁月的薄纱，看起来如同一幅幅展现世外仙境的画卷。某一个冬日夜里，窗外寒风萧萧，屋内冰寒刺骨，我蜷缩在被窝里，捧一杯热茶，读一本茶书，

清 吴谷祥《雪窗煨芋又烹茶》

正好看到"玉书煨中松涛起"，"炭火炉里烤茶香"，心中不由生起一股暖意。杜耒诗中写"寒夜客来茶当酒，竹炉汤沸火初红"，在这样的冬夜里，我等不来一同品茶夜话的客人，却可以在书中、在画里，和那些古人遥遥相望，一起品评画中茶事，这不也是一件赏心乐事？

高山流水觅知音

——抱琴文化

在繁华的城市里行走，突然哗啦啦下起一场雨，正好拐弯走进一家茶室。拉上木门，室内响起古琴叮叮咚咚的声音，喧嚣的闹市瞬间被封锁在门外。一缕清香在香案上袅袅升起，竹窗帘动，清风入户，淅淅沥沥的雨声如同古琴的协奏……在那一刻，世界安静了下来。

远古时代，文化娱乐活动极其缺乏，音乐是一种绝美的享受，而制造音乐，成为古人探索发现的一大乐趣，继而发明了各种乐器。其中琴的地位尤其重要。传说中，古琴是上古雅器，与周易并列为中国文化的源头，一器一道，道器相融。在古代，琴是一种与政治、文化挂钩的乐器。古琴前宽后窄，象征尊卑有别；上圆下方，则是效法天地；弦有五条，象征五行，后来，周文王、武王各加一弦，意思是融合君臣的恩义。中国古代乐器根据制作材料分成金、石、丝、竹、匏、土、革、木八类，叫作"八音"，而琴则被视为"八音之首"，"贯众乐之长，统大雅之尊"。

琴与文化密不可分。在《诗经》中，有很多诗句都提到了琴。《关雎》称"窈窕淑女，琴瑟友之"；《棠棣》云"妻子好合，如鼓琴瑟"；《鹿鸣》曰"我有嘉宾，鼓瑟鼓琴"。更重要的是，琴音是"雅乐"，与民间"俗乐"不同，操琴是古代文人雅士身份的象征，是高素质的体现。汉刘向《说苑·修文》中说"卿大夫听琴瑟"，就是因为琴瑟是高雅音乐，可以陶冶情操，"养正心而灭淫气"。

"士无故不撤琴瑟"，早在孔子时代，琴就成为文人的必修乐器，千百年来琴与文人的生活密切相关，孔子、蔡邕、嵇康、苏轼等都以弹琴著称。于是乎，抚琴也成为古代绘画的重要题材之一。

伯牙和子期的故事

关于伯牙和子期的传说，最早见于战国末年荀子的《劝学篇》，同时期的《吕氏春秋》中也记载了伯牙弹琴、钟子期善听的故事。相传，伯牙在弹琴的时候，无论是表现"巍巍乎志在高山"，还是表现"洋洋乎志在流水"，钟子期都能心领神会。这个故事一直为后世所传诵，伯牙和子期也成为知音的典范，成为后世无数文人墨客笔下诗文书画的题材，相传以此故事为本所作的古琴曲《高山流水》至今仍在流传。

元代画家王振鹏所作《伯牙鼓琴图》画的正是伯牙弹琴子期听曲的场景。左边双手抚琴者是伯牙，蓄着长髯，披衣敞怀，一副仙风道骨的模样，神情专注地弹奏着。对面端坐石上的是子期，长袍素衫，气质儒雅，正低头静心品味着；他的右腿搭在左腿上，似乎正随着节拍轻轻摇动，整个人完全沉浸在美妙的音乐之中。弹琴者的专注，听琴者的入神，都跃然绢上。

为了衬托两个主要人物，作者还安排了三个侍童。其中伯牙身后站立的小童，表情入神，大概对主人的弹奏长期耳濡目染，似乎领悟了一些琴声的意境。而钟子期身后的两个童子，一个手执如意，一个手捧书卷，目光左顾右盼，显得

元 王振鹏《伯牙鼓琴图》

似听非听，反衬出主人听琴的痴迷陶醉之态。

此外，画面正中有一个树根造型的香炉台，上摆着博山炉，袅袅清香与高雅琴韵相得益彰，给二人的赏曲雅会更增添了一份高雅的意趣。

描绘同样的故事场景，明代画家仇英的这幅《高山流水》在环境的渲染上则更胜一筹。画面上，四周高山飞瀑、松林流水，一片静谧清幽。先秦琴师伯牙在草亭中弹琴，樵夫子期在山间拾级而上，正是传说中知音相遇的情景。同时，画

明 仇英《人物故事图册》之《高山流水》

面的环境也表达了高山流水的音乐内容，以象征性手法营造出一种情景交融的意境。

携琴访友觅知音

在"高山流水"的典故中，子期病逝后，伯牙痛失知音，摔琴绝弦，从此永不弹奏。和这个故事相对的自然是"对牛弹琴"的典故了。世人感叹知音难觅，于是便有了携琴访友的风气。"携琴访友"具有寻觅知音的美好寓意，由此成为一个经久不衰的文化题材，在绘画、瓷器、漆器和雕刻中都十分常见。明代哲学家陈献章《题携琴访友图》诗云："孤骑复孤琴，披岚入涧阴。远寻君莫讶，城市少知音。"点明了文人不远千里携琴访友，目的是为寻求知音。而唐寅也在《携琴访友图》中写道："弹琴茅屋中，客至犹在坐，自必是知音，松风更相和。"

明 文徵明《携琴访友图》

历代名家均有《携琴访友图》流传，图中的内容也大致相同，画着巍峨大山，潺潺溪流，一老翁策杖而行，或于石阶山路上，或于小溪板桥上，身后跟随持琴童子，去寻访山中幽居的密友。构图简洁，境界幽深，高山流水之中更见山路蜿蜒、路途艰辛，让人感慨主人公不辞劳苦、探寻知音的一片拳拳赤子之心。

清 上睿《携琴访友》

如无知音，宁对清风明月

宋元明清，文人雅玩发展至巅峰，形成一套系统的生活美学标准。文人常借古琴抒怀、寄情、写境，同时为了在鼓琴时有一种自由洒脱的心境与风度，特别讲究环境和意境。明代琴谱《风宣玄品》中说："凡鼓琴，必择净室高堂，或升层楼之上，或于林石之间，或登山巅，或游水湄，或观宇中；值二气高明之时、清风明月之夜，焚香净坐，心不外驰，气血和平，方可与神合灵、与道合妙。"认为琴音应当和自然山水相伴，方能臻于妙境。又说："不遇知音则不弹也。"对于听众也有很高的要求，凡夫俗子、贩夫走卒不得听，高士佳人能称知音者方为之鼓琴，所谓"如无知音，宁对清风明月、苍松怪石、颠猿老鹤而鼓耳，是为自得其乐也"。琴是知音心意交流的媒介，不是市井舞台表演的工具。

后来，《文会堂琴谱》总结得更为明确具体，有所谓"五不弹""十四不弹"和"十四宜弹"。其中"五不弹"是指"疾风甚雨不弹，尘世不弹，对俗子不弹，不坐不弹，不衣冠不弹"；"十四不弹"为"风雷阴雨，日月交蚀，在法司中，在市廛，对夷狄，对俗子，对商贾，对娼妓，酒醉后，夜事后，毁形异

服，腋气臊臭，鼓动喧嚷，不盥手漱口"；"十四宜弹"则为"遇知音，逢可人，对道士，处高堂，升楼阁，在宫观，坐石上，登山埠，憩空谷，游水湄，居舟中，息林下，值二气清朗，当清风明月"。古人称琴为"雅琴"，多作诗褒赞其美德，从以上所举就可明白其中缘由。由此，在古代出现琴的绘画中，对于环境的描绘总是细致入微。

在夏圭所作《临流抚琴图》中，一文士正对着流水抚琴。水在中国古代文化中是高洁人生志趣的象征，文人雅士都喜欢坐茂树以终日，濯清流以自洁。《老子》曰"上善若水"，认为水是人间至善至美之物，既可宣泄郁愤哀愁，也可净化自我心灵。临流抚琴，一边看清流注泻，令人濯濯清虚，一边听琴音袅袅，使

南宋 夏圭《临流抚琴图》

林下鸣琴

元 朱德润《松下鸣琴图》

人心旷神怡，琴音的流动与水的流动相互交融，更具沁人心脾之美。

在这幅朱德润的《松下鸣琴图》中，古松参天，巍然而立，松下一人弹琴，二人倾听；不远处的江水中，一名渔夫闻音而来；而对岸的重重山丘，远接天际。在这静谧之中，仿佛可以听到琴声混合着微风吹动松枝之声从画中传出。白居易的《清夜琴兴》与此景此情有异曲同工之妙："月出鸟栖尽，寂然坐空林。是时心境闲，可以弹素琴。清泠由木性，恬澹随人心。心积和平气，木应正始音。响余群动息，曲罢秋夜深。正声感元化，天地清沉沉。"

在中国的传统文化中，松有着寒至不改其性的坚贞品格，象征着矢志不渝、不畏艰险的精神，还有着在高山深谷隐逸的淡泊清高之秀姿。古琴一般用桐木做成，然而唐代古琴制作名家雷威却伐松为琴。史料记载，雷威遇大风雪独往峨眉山，着蓑笠入深松中，听其声连绵清越者，伐之以为琴，妙过于桐，世称"雷公琴"，也以"松雪"名之。

因此，在历代画家笔下，古琴、长松、隐者常常相伴出现。高山苍松下，松风阵阵，琴音声彻四野，隐者于松下抚琴，极具天人合一的审美意境。

在杜堇《梅下横琴图》中，一文士坐在虬劲的梅树枝干上抚琴，老树曲线迂回，姿态奇绝，沧桑古雅的风韵扑面而来。端坐于老梅之下的文士，轻倚梅干，手抚琴弦，琴声悠扬之处，文士的目光也随之投向那空旷的山野之中，其神情似闻天籁与琴声和鸣，梅香随雅乐四溢；身旁两个正煮茶捧盏伺候着的童子，似乎也陶醉其中，放眼远望，琴音仿佛天籁之音自天外来，颇有"谷虚天籁闻"的雅意，音乐与绘画的通透之感油然而生。

明 杜堇《梅下横琴图》

吟徵調商竈下桐
松間疑有入松風
仰窺低審含情客
以縹無絃一字中
臣京謹題

聽琴圖

北宋 赵佶《听琴图》

古人弹琴充满仪式感。除去环境和道具的布置,弹琴者必须仪表整齐,"或鹤氅,或深衣",还需焚香洗手,方可操弄。在所有琴画里面,宋徽宗这一幅《听琴图》十分为人称颂。图中背景和道具处理得十分简洁而高雅。在幽静的庭院中,一棵青松与几株绿竹互相映衬,一高几上置薰炉,有袅袅青烟飘绕;在弹琴人的对面有一块玲珑石,上摆设着古铜古鼎和花束,营造出一种高雅脱俗的氛围。但我始终认为美则美矣,却显得艺术性有余,思想性不足。琴文化讲究的是知音,可是这幅画中,抚琴者是贵为一朝天子的赵佶,天子对着两位臣子弹琴,所谓"伴君如伴虎",想必氛围并不轻松;而右边俯首聆听者便是历史上臭名昭著的蔡京,画中题跋即为蔡京所作。历史上蔡京出相后,利用宋徽宗痴迷艺术的特点,以书画为诱饵,令其玩物丧志,厌政弃权,享乐为上;而自己则借势乘虚而入,攫取权柄。这幅琴画看似岁月静好，实际上却让人不禁生出忧患之心。

热爱文艺的乾隆皇帝也有一幅抚琴图像，即郎世宁所作《弘历观荷抚琴图》。画中的乾隆皇帝身着汉装，临湖抚琴。远有高山流水，喻其心境襟怀；近有高松仙鹤，代表松鹤延年的好寓意；弹琴者面对着半池碧叶莲花，旁边摆放着梅瓶插花，清风徐来，荷香轻送，一曲琴声，飞越高空。乾隆喜欢纷繁复杂，把一切要素堆砌得满满当当，画面背景也有失实之嫌。不过天子抚琴，可作一赏。

犹抱琵琶半遮面

以上绘画中，主人公皆是男性文人高士。在古代，奇曲雅

清 郎世宁《弘历观荷抚琴图》

乐以禁淫，操琴是儒雅、清高的德操和学问的象征。而结交真正的朋友，正是看中了对方的品德情性，绝非依仗外物。综上所述，古琴超越音乐成为一种传统文化，与文人相得益彰，成为"雅乐"；与此相对的便是"俗乐"了。

历史上，女子也多鼓琴奏乐，一为自娱，一为取悦于人。这里便涉及古代的乐伎文化。自从西周末年"礼崩乐坏"以后，宫廷和社会上追求声色之风迅速蔓延，达官贵人、豪门私宅蓄养乐伎，社会中酒肆歌馆、风月楼台也多见纵情声色之娱，乐伎们的爱情悲歌，在秦楼楚馆、王庭别院间久久回响。从流传下来的诗

五代 顾闳中《韩熙载夜宴图》局部

句和绘画中可见，古代乐伎弹奏的乐器较多见的是琵琶、筝、阮、萧、笛等。比如白居易的"千呼万唤始出来，犹抱琵琶半遮面"，苏轼的"小莲初上琵琶弦，弹破碧云天"，杜牧的"二十四桥明月夜，玉人何处教吹箫"，等等，都有见描述。

乐伎文化在五代顾闳中的《韩熙载夜宴图》中表现得淋漓尽致。史载南唐后主李煜派画家顾闳中暗地窥探大臣韩熙载的活动，回来"默写"成画，向其汇报情况。全图分"听乐""观舞""休息""清吹"及"宴散"五段，画面中乐曲悠扬，舞姿曼妙，觥筹交错，笑语喧哗，同时也把韩熙载置身于声色之中又韬光养晦的矛盾心理刻画得入木三分。节选局部图是第四段写韩熙载着便衣乘凉，听诸女伎奏管乐的情景。奏乐的五位女伎排成一列，参差婀娜，各具动态，统一之中显出变化，画面中仿佛飘扬出一阵悦耳的音乐。

清代刘彦冲的《听阮图》也表现了士人在庭院中抱膝而坐，听歌女拨阮演乐的情景。只见园中梧桐枝叶繁茂，芳草如茵，周围还有湖石、芭蕉、翠竹。看到主人公在这样幽雅的环境中聆听阮乐，观者仿佛都可以感受到其中的清幽悠扬。

女子鼓琴的另一重要场景是大家闺秀的音乐教习，而且大多是以自娱自乐为主。正如现代家庭热衷于让孩子学习钢琴、小提琴等乐器，还要每年参加考级一样，在古代，出身名门世家的大家闺秀也要学习乐器。《孔雀东南飞》中有写

清 刘彦冲《听阮图》

"十五弹箜篌，十六诵诗书"，说的正是大家闺秀需要掌握诗书礼乐等基本技能。此外，古代女子多禁锢于闺房之中，悲喜不可诉说，只能通过乐音来表达自己的感情。这种情形在古诗里也多有体现，比如蔡文姬《胡笳十八拍》"笳一会兮琴一拍，心愤怨兮无人知"，李清照"小院闲窗春已深，重帘未卷影沉沉，倚楼无语理瑶琴"，贺铸"竟日微吟长短句，帘影灯昏，心寄胡琴语"，等等。

唐代有两位有名的女道士也善弹琴。一位叫鱼玄机，她的诗中有"落叶纷纷暮雨和，朱丝独抚自清歌"，还有"琴弄萧梁寺，诗吟庚亮楼""珍簟凉风著，瑶琴寄恨生"，这些都是她钟情于古琴曲的写照，古琴是她修道过程中必不可少的乐器。还有一位叫李冶，《唐才子传》记载其"美姿容，神情萧散。专心翰墨，善弹琴，尤工格律"。她写"携琴上高楼，楼虚月华满。弹得相思曲，弦肠一时断"，还有《从萧叔子听弹琴赋得三峡流泉歌》中的句子"巨石崩崖指下生，飞波走浪弦中起"，将听琴曲时的感受与三峡流泉汹涌澎湃的气势相互联想起来，颇有知音之意。

唐代画家周昉所作《调琴啜茗图》描绘了三位贵妇弹琴听乐的场景。画中有小树两株，大石一块，说明是在庭院里。其中一人端坐于磐石上，正在调琴；一红衣贵妇背向外坐着，另一白衣贵妇袖手而坐，她们往前侧身凝神倾听的姿势传达出她们的专注和投入。身旁有侍女端盘捧茶侍奉。这是一处清静幽雅的庭院，

唐 周昉《调琴啜茗图》

清 孙温《红楼梦图册之感秋深抚琴悲往事》

女子聚在一起品茗抚琴，这幅作品可以看作唐代贵族女性的"时尚大片"。画面中有一种悠闲而又寂寞的气氛，仿佛传达出唐代宫廷女子寂寂深宫中、盈盈不得语的幽思和哀怨。

《红楼梦》里第八十七回有"感深秋抚琴悲往事 坐禅寂走火入邪魔"一节，薛宝钗写了一封信给黛玉，以"冷节遗芳"自喻，黛玉看了书信竟认为是"惺惺惜惺惺"，感怀身世，于是抚琴自怜。而当时妙玉正好与宝玉一起听到黛玉琴声，妙玉认为君弦太高，说黛玉"恐不能持久"，果然琴弦就断了。从中也可以体现出古代女子识音、知音之深。

中国文人自古以来同音乐相亲，然而到了近现代，反而渐渐地疏离了。曾经发达到光华灿烂的中华音乐文化，后来慢慢式微，不由令人叹息。唐代王维有一首很著名的诗，如今仍广为流传："独坐幽篁里，弹琴复长啸。深林人不知，明月来相照。"遥想当年，冷月当空，深夜的竹林显得高耸而深远，诗人的琴声泠泠然如泉水般清澈，曲毕，激切的啸声划破夜空。这个情景想来是孤寂而清绝的，然而我们却可以从中察觉出诗人自得的意趣。千百年来，琴音为我们带来多少高雅超逸，多少坦荡自在。琴远远超越了其作为乐器的意义，成为中国文化和理想人格的象征，如世外天籁，遥远而悠扬地飘荡在历史长河中。

一物不知，深以为耻

1

我在大英博物馆的埃及馆看到了那块石头。

埃及馆里的玻璃展柜里满满当当摆放着许多木乃伊，神秘木乃伊的传说吸引了很多暑期游学的孩子，大家都围着观赏。有一块很朴实的黑色石碑却呈裸露状摆放着，连一块玻璃挡板都没有，上面雕刻着三种奇怪的文字。我能感觉到它的特殊存在，但彼时博物馆里珍贵的宝物太多了，何况我又被展馆里那些颠覆印象的小猫小狗小鱼的木乃伊吸引，所以并没有进一步去探究那块石头的来历，便匆匆走过。然而，当蒂冈索拉教授（Dr.Theagarten Lingham-Soliar）跟我说起罗塞塔石碑（Rosetta Stone）的时候，我马上明白，他说的就是这块石头。

教授说，所有研究古代历史的人都知道罗塞塔石碑。这块石碑刻制于公元前196年，由上至下刻有同一段诏书的三种语言版本——古埃及象形文、埃及草书和古希腊文。历史上的古埃及象形文早已失传，直到这块石碑出土，它独特的三语对照写法意外地成为解码的关键（因为近代人类可以阅读其中的古希腊文），古埃及象形文字之谜也就由此揭开。它对于世界历史的意义非常重大，因而成为大英博物馆的镇馆三宝之一。

蒂冈索拉教授和我相遇在英国国家美术馆。他说："人们来美术馆，似乎是他们觉得必须要来一趟，走走看看，而你不一样……"在人来人往的美术馆里，我耳朵里塞着耳机，左手拿着参观导图，右手举着讲解器，戴着一副黑框大眼镜，看画时脸部还要越过警戒线，在每一幅画前都要逗留许久……是的，正是这一副兢兢业业、苦心孤诣的老学究模样打动了这位世界著名的古生物学家，于是他决定把我当作朋友。他从南非来到伦敦讲学，除了古生物学，他还喜欢美术、音乐和历史，他有心要给好学上进的我传授一些知识，于是便说起这块神奇的罗塞塔石碑。如同我国"九大镇国之宝"之一的秦石鼓文一样，这块石碑所雕刻的文字意义重大，它使得两千年后的人们得以重新解读古埃及象形文字，实现了文化的穿越，这正是我们研究古文物的意义所在。

17、18世纪，欧洲无数贵族积极从事博物学活动，大量收集动植物、矿物标本和古文物，视博物学为展示贵族品位、财富和优雅水平的高雅活动。英国人对于博物学之投入和执着，使得英国早在1683年就建立了现代意义上的第一所博物馆，并且成为世界上博物馆最多、建馆密度最大的国家。

2

尽管中西方博物学所涉及的具体学科并不一样，但是最根本的思想却是相通的，那便是"一物不知，深以为耻"的博物思想，延伸为对于自然、历史、社会发展的探索和研究。在中国，主要表现在对历史的探究上，并称为"博古"。早在春秋时期，"雅好博古，学乎旧史氏"就成了衡量"高人"的标准。到了宋代，博古情怀蔚然成风，发展为早期的博物学，研究"博古"的学问被称为"金石学"。近代大学者王国维先生认为："近世学术多发端于宋人，如金石学，亦宋人所创学术之一。宋人治此学，其于搜集、著录、考订、应用各面，无不用力。不百年间，遂成一种之学问。"现代中国的考古学正是在宋代的金石学基础上发展起来的。

据统计，宋代有姓名可考的金石学家超过六十位，我们最熟悉的是著名词人李清照的丈夫赵明诚。他撰有《金石录》三十卷，收录了近两千件古代金石器物、碑刻、书画的目录。"赌书消得泼茶香"的典故出自李清照《〈金石录〉后序》，其中记载："余性偶强记，每饭罢，坐归来堂，烹茶，指堆积书史，言某事在某书、某卷、第几页、第几行，以中否角胜负，为饮茶先后。中，既举杯大笑，至茶倾覆怀中，反不得饮而起。甘心老是乡矣！"——李清照和赵明诚夫妇俩都喜好读书，每次饮茶就用比赛的方式决定先后，一人问某典故是出自哪本书哪一卷的第几页第几行，对方答中就先喝，有时赢者太过开心，将茶水洒了一身。这个故事成为千古佳话，也从侧面反映出宋人追求博学之热忱。正如王充在《论衡·别通篇》中所说："人不博览者，不闻古今，不见事类，不知然否，犹目盲、耳聋、鼻痈者也。"

如此风雅之事，文人雅士当然争相效仿。风潮之下，宋代涌现了一大批收藏家，名单可以列出一长串：欧阳修、李建中、王晋卿、李公麟、苏轼、米芾、赵明诚……个个都是文化精英。其中，米芾"遇古器物、书画则极力求取，必得乃已"，可见其热衷程度。作为一国之君的宋徽宗更是一骑绝尘，藏品"则咸蒙贮录，且累数至万余"，用于收藏的宫殿就修建了不少，"宣和殿后，又创立保和殿者，左右有稽古、博古、尚古等阁，咸以古玉、玺印，诸鼎彝、法书图画咸在"，完全是一座大型博物馆。他命人编绘宣和殿所藏古器，成《宣和博古图》三十卷，成为中国第一部金石学著作。

《宣和博古图》对每类器物都有总说、摹绘图、铭文拓本及释文，同时记有器物尺寸、重量与容积以及出土地点、颜色和收藏家姓名。此后，"博古"的含义被加以引申，除了"博古通今"之意，也包含鉴赏古器、古玩的意思，凡鼎、尊、彝、瓷瓶、玉件、书画、盆景等被用作装饰题材时，均称"博古"。

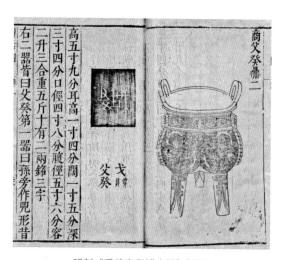

明刻《重修宣和博古图》插图

与此同时，宋代经济发达，政治清明，社会环境宽松，士大夫悠游自在，投入到艺术创作中，培养了极高的审美素养，还有鉴赏、识别和研究能力。因此宋代文人士大夫对于博古的热情空前绝后，由此衍生出来的博古画也风靡一时。如宋代俞文豹有诗曰："在象数前钟鼻眼，出嚣尘外铸形模。传香到手亲曾见，全胜人看博古图。"古代器物如鼎、瓷器、玉器、石雕等，因其珍贵而见者甚寡，所以绘成博古画等，为人们提供了一条认识古玩的途径。

宋人博古，是为了"证经补史"。宋人心存"回向三代"的复古之志，同时又盛行疑古、疑经之风，认为儒家世传文献经典多有错漏、篡改和被误解的地方，因此不能完全奉为圭臬，只有通过对古代金石器物的研究，发掘出比文献记录更真实的礼制原型，才能真正理解古人心灵，恢复古人理念。这便是北宋金石家吕大临所说的"观其器，诵其言，……探其制作之原，以补经传之阙亡，正诸儒之谬误"。事实上，这正是后人设立博物馆之意旨所在。也就是说，我们中国人早在千年前的北宋时期就已经形成博物意识。在这幅佚名《博古图》中，两位文人雅士在一张摆满金石器物的桌前双手撑台相对而立，很形象地表现出宋人对于博古苦心钻研的认真态度。

南宋时期赵希鹄所作《洞天清禄集》是中国文化史上最早专门论述古器物（古玩）辨认的书籍之一，将古琴、古钟鼎彝器、怪石、砚屏、古翰墨真迹、古今石刻、古画等列入，可

宋 佚名《博古图》

南宋 刘松年《博古图》

谓一本"博古指南"。其中记述："明窗净几，罗列布置；篆香居中，佳客玉立相映。时取古人妙迹以观，鸟篆蜗书，奇峰远水，摩挲钟鼎，亲见周商。端研涌岩泉，焦桐鸣玉佩，不知身居人世，所谓受用清福，孰有逾此者乎？是境也，阆苑瑶池，未必是过。"刘松年所绘《博古图》中，在葱郁浓密的松树下，几个文人大夫聚在一起，品玩古器。把玩者神态各异，一副专心品评钻研的样子。这便是宋代文人视为"清福"的玩古之乐。

3

明代中晚期，随着社会经济的蓬勃发展，收藏之风再次盛行。正如钱谦益所说：嘉靖、万历年间，"世之盛也，天下物力盛，文网疏，风俗美"，在这样的社会背景下，"士大夫闲居无事，相与轻衣缓带，流连文酒。而其子弟之佳者，往往荫藉高华，寄托旷达。居处则园林池馆，泉石花药。鉴赏则法书名画，钟鼎彝器。又以其间征歌选伎，博簺蹴踘，无朝非花，靡夕不月"。黄省也曾在《吴风录》中记载："自顾阿瑛好蓄玩器、书画，亦南渡遗风也。至今吴俗权豪家好聚三代铜器，唐宋玉窑器、书画，至有发掘古墓而求者，若陆完神品画累至十（千）卷。王延喆三代铜器万件，数倍于宣和博古图所载。"除王延喆等人，文徵明、沈周、王世贞、张应文、项元汴等文化名人也均为大藏家，他们热衷于收藏，同时也热衷于在私家园林中举办以艺术品鉴赏为主题的文化雅集。

项元汴是中国历史上最大的私人藏家。他出生于明代嘉兴望族、官宦之家，江南书画领袖董其昌曾做过他的家庭教师；"文氏二承"，即文徵明的两个儿子文彭（字寿承）、文嘉（字休承），专门为他鉴别书画；仇英在他家中"天籁阁"观摩学习十余年，最终成为一代大家。项元汴从十六七岁时开始收藏，一手打造了"海内风雅之士，取道嘉禾，必访元汴，而登其所谓天籁者"，所藏法书、名画以及鼎彝玉石之丰，甲于海内，于是建造了一个大型私家博物馆，"极一时之盛"。史学家翁同文说，故宫博物院的书画收藏，据《故宫书画录》共计四千六百余件，而项元汴以一己之力，收藏量已达故宫半数。据说，当今存世的顶级书画珍品，上面的收藏印，除了大名鼎鼎的"盖章狂魔"乾隆皇帝，就数项元汴的印记最多。

曾经在项家当过家庭教师的董其昌在《骨董十三说》中写道："骨董非草草可玩也，宜先治幽轩邃室。虽在城市，有山林之致。于风月晴和之际，扫地焚香，烹泉速客。与达人端士谈艺论道，于花月竹柏间盘桓久之。饭余晏坐，别设净几，辅以丹罽，袭以文锦，次第出其所藏，列而玩之。"——赏玩骨董（古董）需要选择风月晴和的好天气，在园林中焚香煮茶，和达人一起观赏。这段话写出项元汴玩古的场景，说明明人玩古已经达到生活美学的高度。而曾经在项家多年的仇英绘制的《人物故事图册》之《竹院品古》，大概便是对项元汴玩古的真实写照：一巨大山水屏风隔开竹林，圈出一处私隐清静的空间，书案上摆放着

明 仇英《人物故事图册》之《竹院品古》

明 尤求《品古图》

书画砚台，后面另置茶几三张，摆着许多彝鼎、瓷器等古玩，以点出品古的主题。三位文友聚在一起玩古鉴珍，身旁还有仆从、美人，焚香、烹泉往来侍奉，其乐何如哉！

仇英的女婿尤求也有一幅类似的画作《品古图》传世。画中用白描法，绘出一位高士依案端坐，两手开卷，欣赏古字画。旁边四人或昂首凝思，或低头观画，认真入迷。园中湖石屹立，桐树成荫，翠竹芭蕉互相掩映，意境幽静清雅，表现了文人雅士品玩古物的生活情调。

由于收藏之风盛行，大批巨商权贵趋之如鹜，于是假古董应运而生，古物鉴定因此成为当时的热门行业。杜堇的《玩古图》就反映了收藏者与鉴定师之间的关系：收藏者坐，鉴赏者立；收藏者个头大，鉴赏者个头小，暗示了他们之间的不平等关系。表面上看似二人一起玩赏古董、书画，实际上描绘的是鉴定师正在为收藏者作古物鉴定。

明 杜堇《玩古图》

这一时期，众多博古题材的画中都出现了文人高士阶层品古、玩古、鉴古的场面。实际上，文人品古不仅是对器物图案、式样的一种探讨，更是隐藏在物质表面下的一种文化交流与心灵沟通，映射出文人阶层共通的文化选择和价值追求。其次，很多钟鼎古彝也频繁出现在其他人物和花鸟题材作品中。它们或者是案头小品，或者是生活器具，其实都表现了文人高士睹物怀古、追思往昔的情怀。

4

到了清代，"复古"思潮兴起，知识分子大多都有"好古"之风。清初顾炎武等开清代考据之风，所作《金石文字记》首开"好古"先河，到乾隆嘉庆年间趋于鼎盛，形成"乾嘉学派"。由于清朝皇帝的大力提倡，朝廷召集文人与大臣编撰金石书画相关书籍，加上当时有大量古代器物的发现与出土，中国金石学一时达到了鼎盛。

清 郎世宁等《弘历观画图》

同时，随着社会经济慢慢恢复增长，加上皇帝大力推崇，封疆大吏好古崇文，收藏家们广收博采，文人和学者出于研究的需要，富商巨贾也附庸风雅，一时间社会各阶层都形成了收藏的风气。甚至许多商人也加入其中，北京琉璃厂的古董字画书肆也日渐兴旺。

清朝皇帝提倡汉文化学习，推崇博古，《弘历观画图》便体现了乾隆皇帝弘历这一意趣。图中风和日丽，乾隆皇帝着便服坐于御苑松柏浓荫下，身边的案台上摆满古玩。其中两名侍者拉起一幅卷轴画，供皇帝观赏，而皇帝正怡然自得欣赏的画正是丁观鹏所作《洗象图》——内容是扮作普贤菩萨的乾隆皇帝观看众人洗刷普贤的坐骑白象。这幅画的特别之处在于：一是使用画中画的构图方式；二是这是一幅中西画家的合璧之作，图中乾隆皇帝的肖像由擅长写实画的郎世宁绘制，其余小童、房舍、树木等则由中国画家联手完成。

同一时期，宫廷画家陈枚绘制了一套相当于宫廷嫔妃活动记录的《月曼清游图册》，其中的《围炉博古》以传世的明代博古画为蓝本，描绘了宫廷嫔妃们学

清 陈枚《月曼清游图册》之 《围炉博古》

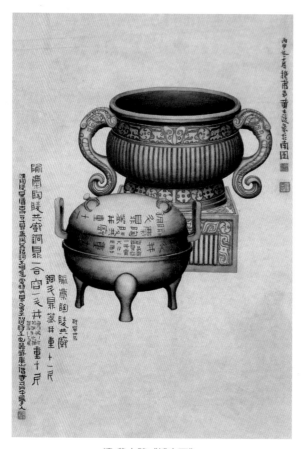

清 黄士陵《博古画》

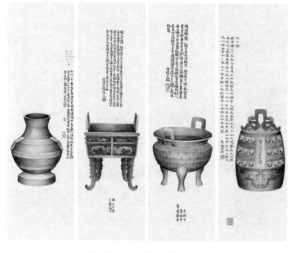

清 黄士陵《博古图》立轴

习博古的生活雅趣。题诗中写："香阁冬来事渐无，女红齐了共围炉。评量名画关心处，先展消寒九九图。重帘深护净无尘，古鼎名琴满室陈。凡俗尽删珍赏具，清娱旌似翠帏人。"其实也无非是为了迎合皇帝的喜好。

这一类人物故事题材的"博古图"卷轴画在贵族文人阶层间极为流行，随着清代世俗文化的不断发展，文人精英的金石学著录和绘画作品深入民间，在商人与职业画家的参与推动下，当时仿古和伪造古器成风，以鉴赏古物为内容的"博古图"便倍受欢迎，收藏热衷者可借此聊寄渴思。由此，清代后期，博古图逐渐趋于"静物画"，与以前的博古绘画形成了鲜明对比，人物元素退居其后，仅以"器物"为主体展开各种艺术表现。

其中，晚清时期书画篆刻家、"黟山派"开宗大师黄士陵的博古画堪称一绝。

黄士陵，清末安徽黟县人。他对古器有研究，进而对画钟鼎、青铜器物也情有独钟。他曾被举荐到北京国子监学习金石学，晚清时期是金石学的鼎盛时期，而国子监又堪称金石学的研究中心，他得以在此观摩了大量的古青铜器实物，并且广泛涉猎两周、秦、汉金石文字。这些不仅对他的印学研究大有帮助，同时对他的绘画创作也产生了很深的影响。他所作博古图，精细入微地描绘出鼎、罍、爵、彝等青铜礼器，再与甲、金、籀、篆文字篆刻巧妙组合在一起，堪称"金石永寿，巧夺天工"。

黄士陵早年在照相馆工作过，对物像的光影向背、明暗以及立体感有直观的感受，再加上日夜摩挲这些青铜器物，他笔下的青铜器"博古图"造型准确、逼真，并且用色古艳，恰到好处地表现出器物的质感，具有很强的装饰美感。他绘制的《博古图》立轴，分别展现了"日入八千壶""周文王鼎""周伯师鼎""宋公钟"四件青铜器。

大概同一时期，另一派引金石入画的博古图也颇有意趣。清末民初，上海画坛兴旺，八方画人云集，各家各派斗艳竞辉，其中赵之谦开创了"金石画风"的先河。赵之谦从青年时代起致力于经学、文字训诂和金石考据之学，取得了相当的成就。在绘画上，他以书、印入画所开创的"金石画风"博古画，对近代写意花卉的发展产生了巨大的影响，也使他成为"海上画派"的先驱人物。潘天寿在《中国绘画史》中这样写道："会稽㧑叔赵之谦，以金石书画之趣作花卉，宏肆古丽，开前海派之先河。"

赵之谦所作博古画大致是在古器物拓片上直接点染花卉。其代表作《玉堂富贵图》中可见一座全形拓的周鼎。全形拓就是通过拓印技术，将立体的器物印到纸上。全形拓的产生是由于古代没有照相制版技术，遇到值得研究的金石器物、碑刻铭文，只能通过拓印保留。一般的拓印只是印出平面纹路或者字迹，而全形拓可以完整再现器物的立体效果，故此制作难度很大。图中鼎有三足，鼎身盘踞各种花纹，鼎中有牡丹数朵，玉兰一枝，取其吉祥美好之意。

赵之谦的博古画把瓶罐鼎彝与折枝花卉组合在一起，把"岁朝清供""鉴古思远"的文人雅趣和"富贵寿考""吉祥长盛"的民间美好愿望结合起来，雅俗共赏，清新自然，将高贵典雅、具有历史感的博古画推向了另一个巅峰。

勉齋尊兄公祖大人正之 趙之謙補

序爵圖

同治壬申十月將有江右之行六皆祗贈

公衍世仁兄大人屬搗洋誦畫以桃別

清 趙之謙 《玉堂富貴图》

清 赵之谦 《序爵图》

古人说"一物不知，深以为耻"，正是这样的钻研精神，使得博古成为流传至今的一项传统文化艺术，也使得中国古代文明得以保存下来，无论历经岁月变迁、朝代更替，还是遭遇时间冲刷、战火摧残，自古以来，延绵不绝，生生不息。也正因为有这样的文化沿袭，我们今天才得以欣赏到千百年前流传下来的古代文明。事实上，博古固然有博古通今的意义，但更重要的是，它体现了中国人世世代代对于传统文化的维护，这是何其强大的文化自尊、民族自尊！

随着时代的变迁，在私家园林里三五知己雅集品鉴的画面终于成为一种时代的留影，博古收藏从古代的私家收藏转变为人人都可鉴赏的博物馆收藏。从前在北京读书，我最喜欢跑博物馆、国子监，还有琉璃厂、潘家园和什刹海边上的旧货市场；工作之后，到各国各地旅游，最喜欢去的地方还是博物馆。

现在，我们的国家提倡"文化自信"，我觉得，"文化自信"不是盲目自信，也不是一个空洞的口号；"文化自信"是建立在文化认同和文化自觉基础上的，也只有根植在传统文化的基础上，在传统文化的滋养下，文化自信才能由内而外地展现出来，才不会是无根之木、无源之水。事实上，古画品读也好，古董欣赏也罢，其根本的内在精神都是对于传统文化的维护和传承。前些年，随着《国家宝藏》《鉴宝》《我在故宫修文物》等电视节目的热播，古董鉴赏、博古等古代传统文化开始复兴，博物馆也成为人们热衷的休闲去处。

中国历史源远流长，时光流逝、岁月变迁，朝代更替、世事沉浮，这些印记被时光的笔墨记载下来，而古画和古董正是那一支墨笔。我怀揣热爱与敬畏之心，愿执着这一支墨笔，抒写中国古代传统文化的岁月流光。

附记

写完这篇文章，已经是这本书的结束。我想起从前曾经跟Dr.Theagarten说起，我写的这本书估计是受众极少的，但是坚持把它写下来却是我多年来的心愿。他回答说："You needn't worry about the sales, you just need to do the right thing."（不必担心卖得好不好，你只要做正确的事情就行了。）此后不久，我们便失去了联系，然而我依然感激那些日子里他给予我的支持和鼓励。谨以此文致敬友谊，致敬流传至今的古人博物精神！